新拉丁美洲文学丛书

Sangre de Amor Correspondido

Manuel Puig

无疾而终

[阿根廷] 曼努埃尔·普伊格 | 著
谭雪辰 | 译

作家出版社

（京权）图字：01-2025-3124
图书在版编目（CIP）数据
无疾而终 /（阿根廷）曼努埃尔·普伊格著；谭雪辰译 .
北京：作家出版社，2025.10. -- ISBN 978-7-5212-3639-2
Ⅰ. I783.45
中国国家版本馆 CIP 数据核字第 2025TF4196 号

中国外国文学学会
西班牙葡萄牙语
文学研究分会
HISPANIC & PORTUGUESE
LITERARY STUDIES ASSOCIATION

新拉丁美洲文学丛书
无疾而终

作　　者：（阿根廷）曼努埃尔·普伊格
译　　者：谭雪辰
责任编辑：赵　超
封面设计：吴元瑛
出版发行：作家出版社有限公司
社　　址：北京农展馆南里 10 号　　邮　　编：100125
电话传真：86-10-65067186（发行中心）
　　　　　86-10-65004079（总编室）
E-mail: zuojia@zuojia.net.cn
http: //www.zuojiachubanshe.com
印　　刷：河北尚唐印刷包装有限公司
成品尺寸：130×185
字　　数：129 千
印　　张：7.25
版　　次：2025 年 10 月第 1 版
印　　次：2025 年 10 月第 1 次印刷
ISBN 978-7-5212-3639-2
定　　价：65.00 元

新拉丁美洲文学丛书

编委会名单

（按姓氏笔画为序）

新拉丁美洲文学丛书

出版说明

20世纪80年代末，云南人民出版社与中国西班牙葡萄牙拉丁美洲文学研究会合作翻译出版“拉丁美洲文学丛书”（简称“丛书”），十几年间出版50余种，为拉美文学在华传播做出了不可磨灭的贡献。数十年过去，时移世易，但当年丛书出版说明的开篇句“拉丁美洲是一个举世公认的充满创造活力的大陆”，并未过时，反而不断被印证。博尔赫斯、加西亚·马尔克斯和其他“文学爆炸”代表作家的作品陆续被译为中文，“魔幻现实主义”对寻根文学及先锋小说的影响仍是相关研究者所乐道的话题。拉美文学的译介和接受不仅成为新时期中国文学研究中不可忽视的部分，时至今日仍为新一代的中国读者提供“去西方中心”的文学视野与镜鉴。

作家出版社与中国外国文学学会西班牙葡萄牙语文学研究分会合作，决定从2024年起翻译出版“新拉丁美洲文学丛书”（简称“新丛书”），感念前贤筚路蓝缕之功，继续秉持“全部从西班牙及葡萄牙文原文译出”的原则，以促进世界文化交流、繁荣中国文学建设为指归。新丛书旨在：（一）让当年丛书中多年未再版而确有再版价值的书目重现坊间；（二）译介丛书中已收录的作家成名作之外的其他代表性作品，展现经典作家更整全的面貌；（三）译介拉丁美洲西葡语文学在中文世界的遗珠之作。新丛书主要收录经典作家作品，此外另设子系列“新拉丁美洲文学丛书·当代”，顾名思义，收录具代表性、富影响力的当代拉美作家作品。

第一部

第一章

你上次见到我是什么时候？

他最后一次见到她是十年前，或是八年前。在那之后，就再未见过。那次是在里约热内卢州的科科塔。在广场上，教堂旁边，对吧？[①] 她跑去见他，那是他们之前约好的。具体怎么来着？他们从那里出发去了市内的夜店，整晚都在那里跳舞。她还做什么来着？他们俩待到凌晨两点半，然后两人去了旅馆干点他们自己的事儿，明白吗？就那天晚上。

难道没人注意一个十五岁的小女孩去了旅馆？

当时夜店里人很多，镇子不是很大，有六千人，六千位

① 西班牙语 Verdad / Está claro？这个表达小说中反复出现。类似于中文的“懂吗？”“好吧！”是男主人公的口头语。——译者注（本书所有注释均为译者注）

居民。十五岁女孩儿可以去旅馆，但不是那儿的旅馆，而是附近镇子的，懂吗？他们俩到了之后先去喝了点啤酒和别的东西。他俩开车去的，当时他有辆福特翼虎[①]，后来车出了事故，他就没再有车了。明年如果条件允许的话，他会花钱买一辆。

什么样的舞会？

跳的是罗伯托·卡洛斯[②]的曲子，一整晚都是。当然，还有别的浪漫去处，比如会游泳的人可以去游泳池，还有瀑布。踩着石头可以爬到瀑布上面去，瀑布里面满是石头，穿上泳裤和比基尼，钻进树林里，热带雨林就在那里。

我问的是舞会，那天晚上的舞会。

酒吧里挤满了人，得有三四千人。他俩认识很多人，即便这样，他们也有时间抽身离开。她提前一点在广场等他，他们一般约在那里，或者教堂门口，因为她是天主教徒。不出意外的话，她每天晚上都在教堂门口等他。八点左右。两人会先散散步，然后要么去她家，要么去她阿姨家。两个人

① Maverick 是福特汽车在 1973 年到 1979 年之间在巴西生产的一款经济型跑车，国内翻译为翼虎。

② 巴西歌手兼词曲作者，1960 年代巴西摇滚乐运动的先锋，后来作为浪漫民谣的表演者而广为人知，被称作拉丁音乐之王。

就在那里待着，他们会给他端来一杯咖啡或者准备一块牛排，他很喜欢吃那种超大号的牛排，大概就是这样。他会一直在她家，也就是她母亲的家里待到半夜十二点。除了他们两个人和她母亲以外，她的祖母也在。没什么特别的。她有父亲，但是她父亲通常后半夜一点左右才到家。他在街上做流动商贩，不到点不回家。她的兄弟——保罗，会比他先回家。保罗·罗西，对吧？保罗差不多半夜回来。当时保罗跟他都在俱乐部踢球，但保罗不是科科塔俱乐部里踢得最好的。他俩都只是爱好足球而已，也没有薪水可领。他们每周三和周四下午五点左右训练。一直到周六舞会的那个晚上，也就是他们去旅馆之前那段时间。在舞会上，他们很开心也很幸福。

我们当时在舞会上说了什么？我想看看你是不是在跟我撒谎。

没什么特别的，他们两个人说了些甜言蜜语，就是谈恋爱呀。抚摸、亲吻……他一遍又一遍地撺掇她离开酒吧，因为在此之前两个人一直没机会去旅店，她太小了，还是个处女，明白吗？后来她喝了几杯酒，两个人就去开了房，在那里也是他最后一次见到她，哎？不对。舞会那晚之后还见过一次。他从科科塔去了弗洛雷斯塔，那是另一个镇子，然后又回到科科塔，他约她第二天周日上午八点半在她家见面。

但是他直到十一点十五分才现身。两个人说着说着就吵了起来，他只想赶紧溜走，所有人都在向他施加压力，包括她的母亲和祖母，“您[①]不许抛弃我的女儿！”诸如此类的。他却悄悄嘟囔着：“不行，我想出去看看，我需要开拓自己的人生！但是我会回来的……”其实他再也没有回来。在这段时间里，她不止一次出来张望，对吧？

那次你不是回来了吗？你还远远地看到我了，不是吗？

那次他是回来了，好像看到她了，她想要靠近他，但他躲得远远的，对吧？尽管后来他又来了一次，想看看能不能以一种假装漫不经心的样子对她说一些温柔的话，懂吗？只是为了缓解一下她的精神问题，因为她一直精神状态不佳，所有人都这么说。这些都是她母亲特别请求的：“我知道你们之间已再无可能，但是你能不能稍微劝劝她呢？你也不会损失什么。”她的母亲请求他换一种方式跟她的女儿对

---

① 拉美国家惯用第三人称称呼对方，甚至是在家庭和日常交流当中。这是源自殖民时期的尊称演变，代表着社会等级分明，上下级强调礼节，是一种历史习惯。但现如今，在南美国家如哥伦比亚、厄瓜多尔、秘鲁等靠北的国家中，第三人称“您”在朋友和家人间使用则表示亲切，并不是阴阳怪气的疏离。抛开历史原因和地域差异，译者认为该习惯的形成不排除第三人称单复数的动词变位在口语表达中更加方便的可能性。经过译者的观察，拉美人与朋友和家人交流经常“你”和“您”两种人称混合使用，这也是本书中既有“你”又有“您”，两种人称反复出现的原因。

话，就像朋友一样，随便聊聊，或者来家里坐坐。一起回忆一下过去，乞求她的原谅，原谅他之前的疏离，等等。因为她没结婚，至少他知道她没结婚，谁会跟一个脑子抽风的女人结婚呢？他确信她连男朋友也没有，因为大家没看见她跟谁待在一起过。他们在一起的最后一个晚上，他记得在酒吧里发生的每一个细节。她穿着一条新的绿色裙子，他也毫不差劲，穿了一条Lee①牌的牛仔裤和一件印有“环游世界②”字样的衬衫。那件衬衫非常漂亮，但由于价格的原因，没几个人有，懂吗？从名字就能明白这个衬衫在全球销售，可能也是这个原因才取名“环游世界”。他们到了舞厅之后，先是说了会儿话，一切还算正常，两人你侬我侬，他坚持要离开舞厅，寻找两人单独待着的机会。“宝贝，我爱你，我想结婚，懂吗？但是现在不行。”因为当时他一无所有，懂吗？穷光蛋一个，但是他有生活阅历，而且他还想出去闯荡一番，不是吗？但她却让他在镇上的足球队踢球。她只希望他能留在镇上，学学习，踢踢球。

我当时想让你干什么？你别想骗我。

之前她想让他当个工程师，就那时候，但他自己又没有

---

① Lee是一个1889年成立于美国的牛仔裤品牌，是世界三大牛仔裤品牌之一。创造了经典的吊带工人裤和拉链牛仔裤。在年轻人当中很有人气。

② 西班牙语 Vuelta al Mundo，印在衣服上的词语。

平台，明白吗？他的父母当时没有钱。所以他对她说不行，他必须要出去闯荡一番，后来他干的是……电工，对吧？他自己研究了很多和电相关的东西，因此基本上也就是她在那里坚持，他应该多学一点，如此翻来覆去地说。他回答道：“做不到，因为没有足够的资金。”而她总是说她来帮他，知道吧？他说：“宝贝，那可不行，这对我来说是不可能的事情，我没有足够的资本啊。”这个问题对他们来说无解，也只能一会儿聊聊足球，一会儿谈谈学习，我[①]哪里知道要多少钱。她说她去跟自己的父亲要钱来补贴他的学业。他拒绝了，这对他来说没必要。他想要过属于自己的人生，懂吗？后来两个人从酒吧出来了。因为那天晚上，她感觉到他是真的想离开了，也就是那个时候她交出了自己，想借此捆住他。“你不会离开吧，你会跟我在一起的，对吧？”他回道，不啊，他会走，这不是明摆着的吗？反正事实就是，他没跟她说那天晚上他会离开她，他很清楚地了解她的那些弱点，死也不会说那种话，当下重要的是让她离开酒吧，一旦出去，其他的他来办。第二天他本来是要说的。但在那晚之后，他没想到她会精神失常。他将她塞进了车里，继续着之前的话题，“亲爱的，我们现在去别的镇子，找点新鲜的乐子开心一下。我们都在一起三年了，我觉得我是值得信赖

① 全文第一次使用“我”这个人称。

的”等等。她说她还不想把自己完全交给他。他紧接着回应道，那么分手吧，他说自己真是不懂她。她哭了，哭得撕心裂肺，但他仍不让步，喝的酒已经上头了，不是吗？反正最后，他钻进了她的被窝，折腾了一宿。

在旅店是吗？

那间旅店就去了一次。她一直都想重归于好，也一直说着要帮他付学费的事儿。不管怎样她都要和他在一起，四处寻找他，给他写小字条，但是他总躲着她。他出门找朋友玩，在那个满是树木和小广场的镇子里，就在那时他收到她的字条：“嗨，你好吗？我一直忘不掉那晚。我在老地方的长椅等你。”落款玛丽亚·达·歌莉娅。他当然也记得，但是他不能去，也没有回复字条，明白吗？

他们说你带我去过一次小树林，就我们两个人，在乡下那边，这是真的吗？

他是带那个黑头发姑娘去的小树林，这是两码事。金发的是玛丽亚·达·歌莉娅，她去的是旅馆。接下来事情是这样的：他们进了房间，然后洗了澡。他因为她没脱衣服有些生气，一把将她拉了过来。她大喊道：“不！”“你躺下。”他说。她躺下之后，他脱掉了她的衣服。两个人开始亲吻、啃咬，就那些事儿。她哭得很凶，带着些绝望。于是他说：

“我的宝贝，这些都是没用的，你别想从这里逃走，今晚是你自己的，你要懂得珍惜。”紧接着嘴里不停地念叨些连篇的空话。他们在一起三年了，他妈的，也该轮到他了，而不是将她拱手相让。我们可以将这一切都看作是按照他的想法进行的，如果这时候再来个人，捷足先登将她拿下，那么他就是那个不折不扣的倒霉蛋，懂吗？因此他一边安抚她一边教她该怎么做。他先让她在下面，然后又把她放在上面，两个人相互撕咬舔舐着对方，懂吗？两个人非常投入，该有的都有，一会儿哭一会儿笑的，她还喝了好几杯酒。

不可能，我从来不喝酒。我喝不了酒，一喝就吐，要么就会头疼。

喝的是巴尔班特[①]牌的威士忌，还有杜巴尔[②]牌的白兰地，用来丧失理智再好不过的东西了，懂吗？她一杯接着一杯，慢慢就上了头。加上之前在酒吧喝的那些啤酒和饮料，人那么多，她口渴，还跳了舞，喝了很多啤酒。他们从那里出来，凌晨两点十五分他把她送回了家。要走的时候，看到另一个女人在对面的小路等他，是她的一个邻居。之前他压根儿没注意到。刚一过去，女人便对他说：“哎……嗨！你

① 葡萄牙语 Barbante，巴西的地方小品牌。

② 葡萄牙语 Dubar，巴西专门生产白兰地酒的品牌，成立于 1913 年，目前还在生产。

好吗？[1]”他就和她待在一起了。后来，后半夜他便留宿在了那个女人的家里。

是我们从旅店回来之后的事情吗？你没讲真话。

他当时还有点力气，像个小马驹，十八九的年纪，有的是劲儿，不是吗？身体倍儿棒，没在开玩笑。先是在夜店喝了八杯还是十杯啤酒，之后喝了杜巴尔牌的白兰地，要知道那可是当时最贵的酒水之一。在巴西特别有名，有名到不行，但现在好像已经停产了，至少没怎么听人说过了。或者说现在只在那种十八线小地方售卖，明白吧？总之，他哪怕喝了那么多的酒也丝毫感觉不到疲惫，这很不可思议，他开足了马力驰骋了四个小时依然没有停下来的意思，这点毋庸置疑。当然，他们还一同度过了另外一些重要的夜晚，比如之前的狂欢节。两个人都是一起去的。

但是在我家怎么会没有人注意到那天晚上发生的事情呢？

大概很少有人记得那天，当时是周六晚上，怎么来着？到了她家之后，他被邀请第二天下午一点来家里吃饭，在足球比赛之前。周日那天是他即将要跟她分手的日子，也是打

① “你好吗？”不是一个真正的问题，而是一种社交礼仪。也就是说，可以不存在具体的回答。

最后一场在科科塔俱乐部的比赛的那天。

最后一场比赛？

因为他要走啊，不会继续留在队里，更不会有别的什么事。他自己计划了一切，唯一一个知晓这些的是他的母亲。她站在那里，头发苍白，也没有打理，胳膊有关节炎，抬不起来。他对她说自己要走了，母亲先是严肃地看着他，随即大笑起来。他说道："您真像一只黑白相间的母鸡，头顶着白色卷曲的头发，连收拾都不收拾一下。生了我那么多的姐妹到底有什么用？连头发都不给您梳梳。"他母亲人很好，如果没有人来帮助她的话，那些黑白相间的母鸡都会同情她，用鸡嘴啄着帮她整理头发。玛丽亚·达·歌莉娅家的午餐异常丰盛，知道吗？完全在意料之外，他十二点四十五分就已经到了，有很多好吃的东西，有鸡、虾、面条，还有生菜番茄沙拉，这样的东西。当时是这样的，所有人都坐着，他、她的父亲、她的母亲。她搂着他的脖子看着她的母亲说道："我很抱歉，妈妈，但是我爱这个男孩，我真的很爱他，什么也不能分开我们。"她母亲回道："我知道，这个年轻人已经让你神魂颠倒了。"他们继续着对话，一如往常一样，大家都很尊重他，尽管他穷困潦倒。他说："我的宝贝，这就是问题，因为我爱你，我真的很爱你，我深深地爱着你。"她是真的喜欢他，懂吗？

你周日那天没有来吃鸡和虾。压根儿没有人邀请过你。

谁知道就她得的那个病能不能让她还记得所有的事情。她一直往巴乌鲁[①]给他写信，也就是他之前去的地方，但他从未回过她的信。他在巴乌鲁的电力公司工作了一阵子，是圣保罗州的电力公司，叫塞斯帕[②]公司。她的来信就从未间断过，不是吗？说回那天，午饭之后，在那顿绝妙的餐食之后，差不多三点钟的时候，他起身离开前往足球场，比赛大概三点十五分开始。那场比赛要在科科塔体育俱乐部和特谢拉航海队[③]之间角逐出冠军。她却对他说不要去打比赛，至少那天不行。他回答说："我的宝贝，事情是这样的：今天我要去打比赛，踢一场漂漂亮亮的球赛。"她说："正因为这样，我才不去。我不想看见你踢得好。你总是踢得很好。"他说了句"随便你"之后便走了。在那场比赛中，他进了五个球，也是比赛中仅有的五次进球。那天下午的比赛让他成为全场的焦点。女人们疯狂地呐喊，很多爱慕他的女人都在那里，有她的朋友和同学，都是那些暗恋他，私下勾搭他跟他谈情说爱的女人，懂吗？还有他的两个好朋友，踢中场的

---

① 巴西城市，位于巴西东南部，由圣保罗州负责管辖。

② 葡萄牙语 CESP，根据小说内容，是男主人公后来离开家乡在巴乌鲁做电工的公司名字。小说后面出现了多次，是主人公引以为傲的一份工作。

③ 两支队伍都是地方村镇的小足球俱乐部。

唐纳德和穿10号球衣踢中锋的法雷利尼奥。大家都是他的朋友，但是只有他们两个是他真正的好朋友。还有一个，只是后来死掉了，很多年前的事了，所以他就忘了，过了很久他都没有再记起他。赛后大家一起去庆祝，喝了些啤酒。那真的是一场了不起的胜利，派对热闹非凡，女人们在酒吧里为他鼓掌，现在再也没有那种场景了。随后，他们前往她家去接着庆祝。

不对，我家不可能让大家进来的，我很确定。

他说他开车去了他们家的农场，到了之后洗了个澡。他母亲察觉到他要离开。他说："老太太[①]，我明天早上六点半就要走了，您察觉到了吧。不要再这样一惊一乍的，我不能再这样生活了。一天到晚没什么钱，我需要钱来买衣服，我要穿得有品位上档次；很多东西都在召唤我，我要买四五件衬衫、四五条裤子和一瓶香水。老太太，我就一个事儿：请您给我五块钱。[②]"在那时候，一张五块面值的纸币意味着挺多钱的。他母亲说这点原因不足以让他离开，他之后要干什么呢？他拥抱了下母亲便离开了，一直到今天，如今已

---

① 西班牙语 Vieja，老太太，在南美洲通常是子女对母亲的亲切称呼，带有一种熟悉和爱意。

② 此处原文用的是 Cruzeiro，译为克鲁塞罗，为巴西货币，1993年已停止使用。

经三十一岁，在相隔十六小时车程的巴乌鲁，在那里的塞斯帕上班。他还没下车就已经想回去了，他一直放不下俱乐部的一切，总是想念踢球的操场。他想坐同一班车返回科科塔但是不行，他买不起回程的车票。他一路都没睡，看着窗外汽车穿行其间的田野，以前他从来没看过。他妈的！[①] 好在走之前在她身上他还捞到点好处，占到了便宜。不过，他在那个时候碰到的迷茫和困难还不及现在的十分之一。当时没出现的问题，现在都摆在眼前。她倒是很享受第一次。“因为疼，所以你不喜欢。是吗？”“不是的，约瑟玛[②]。我早该听你的，在我们认识的第一天，我就应该给你的。”他反驳道：“那绝不可能，我认识你的时候你才十二岁，可能更小，那时候你大概只有十岁。我不可能把你怎么样，懂吗？你现在的年龄刚刚好，尽管你照样会感到疼。”他一直对她很疯狂！

我不记得当时的疼痛了，我再怎么努力地想也想不起来。

回忆起所有的事情很难，她只有十五岁不到十六岁的样子。他试着尽可能地忘记她，如果他总是纠缠这个话题的

① 文中反复出现主人公的口头语“qué tanto joder”，西班牙语脏话，此处表示惊叹，小说中反复出现。

② 小说男主人公的名字，Josemar，小说中在这里第一次出现女主人公对男主人公直呼其名。

话，他就会萌生出要去见她的冲动，明白吗？他是想忘记的。他们在一起度过了很多个夜晚，他妈的，很多夜晚都在甜言蜜语中度过，他们一起去看了月亮和星星，类似这样的事情。先是在广场上，然后在镇子上的那些房子里，一般会待到半夜，两个人散散步，白天的时候就去钓钓鱼。她尤其害怕眼镜蛇，他把那些眼镜蛇从水里捞出来然后扔到她的身上来吓唬她玩。此外，她还对刚出生的小鳄鱼感到恐惧。她很胆小。

如果我胆子小的话，怎么会自己走进旅店的房间呢？

一开始并没有，但是在他们要开始的时候，她确实很害怕。当时她哭了，因为很疼，懂吗？她对他说，不要、不要、不要、不要，直到最后一刻，而他却坚持着不撒手。他对她说道："今晚不做的话……以后也别做了。如果就像你一直说的那样，这是为我留着的，那么我今晚就要。如果你今天不给我，我就再也不要了，而且我会一直生你的气。"紧接着第二天晚上，也就是周日晚上，从晚上九点十五分左右开始到早上三点多，他俩一直在一起。没说什么别的就只聊了这个话题，因为一般来说她比他话多，不是吗？因为女人总是在这种时候很能讲："约瑟玛，我是真的爱你，明白吗？我唯一的心愿就是待在你的身边，我的眼里容不下其他的男人，我以前就爱你，现在更爱你。懂吗？"他说光说这些是没有用的，他也很喜欢她，但是一分钱都没有的话，他就得赶快抽身离开，不是吗？他从来没那个心情听她说那些抱怨。但是那晚他同情她，也伤害了她。

你既同情我又伤害我了？

她一直哭，哭得撕心裂肺的，那是第一个晚上，她从未经历过这些，没人对她做过那样的事，因此他是有一些同情心在的，也确实是他伤害了她。他看见她流了血，明白吗？流了很多的血。他望向周围，看到了她在床上的一条内裤，他顺手拿起擦干了血迹。内裤是镇子上所有女人都在穿的品牌。他慢慢地擦净血渍，一边擦着一边继续该做的事情，后来很顺利，他也慢慢加快了速度。他感觉她在颤抖，就停了下来。她说好冷。他问："那需不需要我现在出来？"她却说不要，不要停下来。再没什么特别的事情了，之后一切按部就班[①]。他们告别的那晚在树下无比亲密。他跟她告别说要走了。他不会回来了，也不会跟她在一起。但与此同时嘴上却说着："我的宝贝，我会回来的，你别担心，我会娶你的。"然后两个人又重新黏腻在一起，继续着之前的事情，一次又一次。这非比寻常，令人印象深刻。再之后的事情他好像都不记得了，或者说他试图忘记。

---

① 男主人公的口头语，todo en orden，每次说的时候都是胸有成竹的感觉。

你不要去相信他们说的关于我的事情。

好像自打那天晚上之后他们就没再联系过，因为三年后他回来的时候，她的母亲在街上遇到了他，跟他打了招呼："你好！约瑟玛。"她让他专门打电话给自己的女儿随便聊聊。她的祖母，一个非常好的老太太，对他很和善，年纪也很大了，当时还生了病。祖母和母亲两个人都让他跟她说说话，她们提到："如果你就是不想见她，就是不想跟她说话的话，我们是不会让她知道你已经回来这件事的。"他回道："不，女士，我会去您家里。但是请您到时候回避一下，这样我跟她就可以好好说一会儿话。"他当时跟她的母亲在街上聊了三个小时关于她的事儿。

我们家没有人欢迎你，唯一一个喜欢你的人是我。

她的母亲继续对他说道："事情是这样的：我明白你的意思，但是请你不要抛弃她，你能不能为了她的健康着想跟她和好？自从你们分开之后，她再无片刻宁静，在家里面开始变得叛逆，焦躁不安，歇斯底里，对所有人恶言相向；之后更糟糕的是，由于精神压力，她开始变得疯癫，你注意到了吗？她总是梦到你，然后说着一些梦话，'我需要约瑟玛！我需要他！我爱他！我是如此地爱他……我可以为他去死。'这些你都知道吗？"但他的处境也很艰难，不是吗？

他知道自己是问题的根本。她的母亲继续道："更糟糕的是，每天她去睡觉的时候，她都能看到你，哪怕你离得很远，远在圣保罗州；有的时候，还能看见你起床；也能听见你说话，说一些恋爱般甜蜜的话语，所以她才总是忘不了你；她要是能精神状态好一些的话，随着时间一切都会解决，因为那个年纪的女孩又不是她一个人在谈恋爱……如果男孩子不爱了而离开去另一个地方的话，这些女孩也会一点点接受现实，毕竟再也见不到了嘛。"这是关于他们两个人的问题，也是她的问题，还有他的问题，他妈的！他最好还是先照顾好自己，对不对？但是，说到底那时候有一个漂亮的女孩如此地爱他，他却不知道如何是好。一切都是无意义的，他得走了，为此他很直率地面对她的母亲，懂吗？他打开了书，翻开了他人生的书页，但是他还未料想到最糟糕的部分，那时候只是一些小麻烦，所谓的流言蜚语也仅限于他们两人之间，没有别人知道，总之一切按部就班。出来之后，他接着在街上转了转，抬头望向她家的窗子，已然和以前迥然不同，他挥手作别，向前走去，一直到两边高耸着树木的街角尽头，转身消失不见。

你嘴里没一句真话。我家从来不会让你进来的，以前不许，现在也不让。

第二章

他把烟放哪去了？有时候他一换衣服就找不到烟盒，往往这时候他又必须得抽根好烟才行。那时所有人都绞尽脑汁地想让他离开她。大家都对她父亲说，他就是个地痞流氓，一个大骗子，简直就一无是处。但她从来就不相信别人说的这些话。对吧？他现在见不着她，但他很想让她知道自己是个体面人，懂吗？

我那时候和现在一样吗？我的头发是什么样子的？我敢说你肯定不记得了。

那时的她有一头金色的长发，就像意大利洋娃娃一样。他这会儿找不到火柴，现在一堆烦心事：母亲患病。之前有套老公寓的卫生间要贴瓷砖，别人管他要了报价，他给了，但现在材料价格上涨了，他一分钱也赚不着，还得欠一屁股债，这算什么生活？他喜欢做的是电工，不是泥瓦匠。他找不到火柴了，可他必须得点根烟来好好想想那些事儿。

应该记住的是那些真真切切发生过的事儿，而不是谎言。

他记住的就是过去发生的那些事儿，懂吗？就那些事儿，没有别的。

你母亲生病了，那你工作的时候谁来照顾她呢？

他从这儿到里约市中心就一个多小时的车程，早出晚归。

你来这儿住是因为觉得桑蒂西莫[①]这个名字很好听吗？反正我是非常喜欢这个名字的。

他喜欢桑蒂西莫这个地方是因为这儿的空气很纯净，而且还有大片原生态的丛林，就像在科科塔一样。

我在窗外没见过这种丛林植物，都是一些精致的花花草草。

通常，她会在楼上透过她的那扇小窗静静地看向窗外，那是一栋很不错的房子，不像其他房子那样简陋。她的父亲

---

① 西班牙语 Santísimo 音译，本意是一个带有宗教意味的词，在天主教文化中很常见，用来表达极致的神圣、尊贵或对神的敬畏。这里是小镇的名字。

是一个卖衣服和鞋子的普通商人，他常常跑去乡下卖东西，什么都卖。他把所有的货物都分装在袋子里，然后带着它乘着巴士一路从圣保罗[①]出发，去到各个镇上进行交易。他家房前有一个大花园，后面还有一块菜地，屋前的两棵番石榴树长势喜人，她的窗户就在房子的另一侧。往日他等她时，就倚在左边那棵树下。

你那时为什么总是躲在那棵树的后面？

他那时常常靠在其中一棵树后等她，对，就是左边那棵。因为据说左睾丸的力量最强大，而这棵树会把这股强大的力量传递给男性。每次，她都会透过那扇小窗望着他离去，直到他的身影消失在视线中。因此，每次他回头，她都会挥舞着手臂向他告别。

到目前为止这些都是事实，我能确定。

他的母亲住在一个偏远的乡下，上次回去，他大半夜才到，天都快亮了，实在是太远了，足足有两个多小时的车程。一路上他穿过坑坑洼洼、到处都是泥巴的乡道。有时汽车陷到了泥土里，他还要下来推上一把，那可真是一团糟啊。路上碰见了躺在路中间打盹儿的老公牛、奶牛还有小牛

---

① 西班牙语 San Pablo，位于巴西东南部，圣保罗州的首府。是拉丁美洲乃至南半球最大的城市。

犊，还有那些横七竖八散落在道上的树杈……对吧？起初他先是睡了一会儿，然后下车、推车，直到后来他远远望见了那位叫阿尔西比亚德斯[①]的人——大家都叫他亚西比德，是他父亲的一个帮手。事实上他已经很多年都没见过他了。“你一定是遇到了什么事儿，才会在这个时候出现在这里。”就在这之前，大约凌晨三点或者三点半的时候，亚西比德从玛丽亚·达·歌莉娅那儿出来，直到六点钟左右的时候才到这儿，因为路程实在是太远了，步行差不多要三个多钟头呢。“你看起来像是遇到了什么不好的事情。”“亚西比德啊，我的老朋友，我一生的挚友！”他感叹道，就像过去他一直称呼他的那样，他接着说，“老朋友啊，明天，或者可能再过一会儿，你就再也不会在这里见到我了。”然而，亚西比德对此却并未当真，他是他父亲的朋友，更是他们一家人的密友，所以他一点儿也不相信他说的那些话。随后的那天清晨他悄悄地离开了，谁的面也没有见，甚至离开家的时候连他的母亲也没有见，唯恐增添一丝离别的伤感。

胡说，难道不是她给了你五枚克鲁塞罗，然后你还拥抱了她一下吗？

周一那天早上他的母亲并不在家。

---

① 阿尔西比亚德斯（Alcibíades），又称亚西比德，这里是人名。

难道你母亲去别人家里干活了？她走得比谁都早就为了去别人家里做女佣？

她从来没去外面工作过，一直都待在家里，只做些家务活罢了。而他的父亲那时正在稻田里，所以也没看到他。那会儿他父亲养了很多动物，像牛啊、马啊、猪啊、鸡啊、小狗啊等等。几乎家里所有的孩子都是在那个农场里出生的，当然约瑟玛也不例外，他是老三。以前父亲总是勤于劳动，但现在他却撂挑子什么都不干了，于是重任只好都落在了母亲和孩子们的肩上，父亲再也不必为养家而伤脑筋了，他已经彻底变了，不是吗？他开始酗酒，每天都过得浑浑噩噩。约瑟玛长得最好看，这也让他父亲一直很恼火，于是约瑟玛只好离开家，而这已经是他第二次被迫离乡了。

现在我要问你一件事，为什么你又开始频繁地想起我？过去的好多年里，你几乎没有想过我，或者压根儿没想过。

那时他家里有十一个兄弟姐妹，对吧？就算没有十一个，那肯定也是不少。他上面有一个姐姐，一个哥哥，他是老三，对吧？平日里父亲会在清晨四点半叫醒他，让他去把牛群赶到一起好挤奶，是这样吧？牛群在田里，下着雨，雷电交加。父亲总是用手指着让他到外面去，他才六岁。“那儿！卡米娜[①]，快来！该叫你儿子学着赶牛了。”“哪个儿

① 葡萄牙语 Carminha，是男主人公母亲的名字。

子？”卡米娜问道。最终这差事不得不落到了小儿子头上。“那就约瑟玛吧，让约瑟玛去把牛都赶进去吧。”于是，就算他比其他两位哥哥姐姐的年纪都要小，但还是不得不去赶牛。那时屋外总是阴雨绵绵的，他先要去给母牛挤奶，然后再把小牛犊带去吃奶，等一切结束之后再把它们赶到一片长满嫩草或者灌木的草丛里去，这样就正好省去了割草的麻烦。此外，他还要锄地、照料甜橙园……总之，什么活他都得干。对了，他还会猎鸟，他对小鸟异常痴迷，直到今天也是如此。像金丝雀、红襟鸟、美洲红冠鸟、乌鸫等等，什么鸟他都能捉住。

那你把它们抓到手之后会拿来干什么呢？

这只鸟要是值点儿钱或者可以笼养并且会唱歌，他就会非常喜欢；但它要是又笨又丑，他就会把鸟的羽毛全拔光，让它秃着身子，然后再放走。直到有一天，他被父亲当场撞见了，因为此前他的父亲总是能看见秃了头的鸟裸着身子飞来飞去。“你个混蛋，不要这样虐待小动物，要让它们自由自在地生活。”他回答说：“不，您不知道刚刚发生了什么。我设置了一个陷阱来捉这只金丝雀，但是突然飞来了另一只鸟，把这只金丝雀给啄了，这只该死的坏鸟。”随后，他便放开了那只已经秃了的鸟，它即刻就飞走了。就是这样。

那只鸟不会像我一样脑子抽风了，或者死掉了吧？

不会的，鸟儿不会因为自己的羽毛被拔光就死掉的，因为羽毛还会重新生长。甚至还有同一只鸟飞回来又再次掉进陷阱的情况，然后他就又会把它的羽毛都拔掉。他就是这样的人。不过比这更糟的一件事儿是，那时候他的父亲有一台稻谷脱壳机。在完成照看奶牛、放牧、让马在田野里自由活动，以及翻整菜园这些他小时候总是要干的活之后，他就会跑去看那台稻谷脱壳机，想帮忙干点什么。但他是不能碰那台机器的，因为他才六岁，只能把周围打扫一下。总有些家伙把稻壳扔到地上，于是他就会跑过去，待在那里。“别碰那台机器！它可不是用来玩儿的！”直到后来有一次机器突然在半夜着火了，烧得一干二净。父亲认为他知道谁是放火烧机器的罪魁祸首，“当时我正睡觉呢，没去玩火！”于是这件事就成了一个未解之谜。没人知道凶手是谁，就连保险公司也没调查出什么。是这样吧？

是的，没人发现你。

父亲与他的两个年长的孩子，费尔南达和泽[①]的关系都很好，在约瑟玛之后，家里又陆续添了几个孩子。但唯独对这个老三，父亲总抱有一股厌恶之感。约瑟玛也不知道为什

① 西班牙语 Fernanda、Zé，男主人公父亲另外两个年长的孩子，在小说中只出现了几次。

么，虽然父亲有时候也会让其他孩子干活，但只有他次次都要干，而且干得还要比其他人都多。这就是他和父亲还有兄弟姐妹们时常吵架的原因。他们总是歇斯底里地争吵。对于约瑟玛而言最令他感到愤怒的就是父亲明明可以让其他孩子去做这些活儿的，不是吗？但是父亲却一直认为所有的活儿都应该让他来干。他不知道究竟是为了什么，直到现在他也一直没想明白。

他不喜欢你是因为你太与众不同了，而我知道原因。

第三个儿子长得太像白人了，他和其他的印第安人长得都不像，他甚至比农场主的儿子们、比那些白人长得还要漂亮。

我非常清楚你的父亲为什么不喜欢你。

这也不算什么特别的事儿。坦率地讲，他从来没指望过从他父亲那儿得到什么。他把期待都留给了母亲，因为他的母亲总是这样：就算她的儿子一无是处，她也会一直支持他的，但事实是她的儿子非常优秀。一天，他正在等待他的小妹妹法蒂玛出生。（排在他之后的兄弟姐妹是玛丽亚·海伦娜、阿帕雷西达和纳尔逊，以及一个黑人养子兹尔玛[①]，他

① 西班牙语 Zilmar，是男主人公母亲收养的黑人孤儿，男主人公可以从他身上获取优越感，因此很喜欢他。在后面的章节还有出现。

既是他的兄弟也是他的朋友。）当时母亲正躺在床上等着家人们，在这之前她曾嘱咐过一位阿姨帮她洗一包衣服，可他并不想去跑腿，因为那里有头凶猛的牛，它会跟在后面撵人。“不会的，只要你不惹它，牛是不会伤害你的。”

我听着你说呢。

于是他只好拿起那堆脏衣服，这时他那个最机灵的哥哥开口说：“我们俩一起去吧。”话音刚落，父亲就转过身来看向他的三儿子，语气不容置疑地说，后天他必须要看到这些衣服都一丝不苟地被洗得干干净净。他那个该死的哥哥就那么站在那儿看着，瞥了他一眼，然后跟他说：“那这样，约瑟玛，你负责把衣服送到那个地方，无论你什么时候到那儿，我都会一直等着你。”他就是个卑鄙小人，狗娘养的东西。那个他之前看见有牛在的地方，就是一会儿他要去的地儿。于是，三儿子约瑟玛只好出发了，他没有办法只得去那儿。就是这样，他带着那个又大又沉的包袱，一路上连背带拽的，使出了浑身解数。

一个人如果连父亲都不爱，他更不会爱任何人，是吧？

他一到那里，牛就来顶他了，牛角几乎把他全身都攻击了一遍。在他肚子往下一点、前胸和后脊梁骨上留下了一条条至今依然清晰可见的很深的疤痕。

疤痕在哪儿呢？你给我看看，我想看看是不是在肚脐上面。

他在生活中吃了太多苦了！他和牛一起从上面滚了下来，他紧紧蜷成一团，最后滚进了一条长满了荨麻草的水沟里。那头牛还继续在他身上踩来踩去、不断地撕咬着他，他动弹不得，只能用手死死抱住自己的头。不然，他还能怎么做？后来，父亲在远处瞧见那头牛在袭击人，于是赶紧跑过去查看，发现受伤的那个人正是他的小儿子，他便厉声呵斥把牛吓跑了。

你父亲人还是挺好的，你没发现吗？

于是，那个小儿子自己有了一个想法。他身上的那些被牛角伤到的地方在差不多一个月内就都愈合了，身体也都恢复了正常，在整个过程中居然没人带他去看过医生。因此，他的恨意和愤怒愈积愈浓。不是吗？那会儿，他就有了杀死那头牛的想法。他自言自语："我要宰了那头牛。"尽管它很能产奶，但它对人一点都不友善，甚至还总是伤人。唯独对给它挤奶的父亲很友好。

我想让你先跟我说清楚，你在离开家之前到底有没有拥抱过你的母亲。我担心你根本不记得真相，就像那些曾经在我身上发生过的事一样。

但是在父亲眼里，这头牛可什么都没做过。他的三儿子有时会像个疯子一样，边走边自言自语道：“挺好的，什么都没发生过。”时间就这样匆匆而逝，一晃已经过去了三四个月，他的伤口也彻底痊愈了。那这期间他做了什么呢？他爬进了衣柜，拿出了一把左轮手枪，然后就出去找到了那头牛。那头牛正要用角顶他时，他举起了手枪，对准那头牛两角正中间的额头，“砰”“砰”地朝牛头猛开了两枪，彻底了结了它。这一刻，他把自己此前在一家之主那里积攒的所有怒火都发泄了出来，不是吗？他用尽手段去对付这头牛，拳打脚踢，最后终于杀死了它。事实上也就是从那时起，父亲看他的眼神就比以前更加不友善了。哪怕只是看见他，父亲都会止不住地冒火。于是生活演变成了一场父子二人的持久战。父亲渐渐地注意到了眼前的这个小男孩开始变得越来越强壮，即将成为一个真正的男人，于是有一天，他看向他说：“我的儿子，是这样的，你现在正逐渐蜕变成一个真正的男人，所以，如果你有自己想闯的路就去闯吧，没人会阻拦你的。”其实父亲的意思就是想把他赶出去，不是吗？“好吧，老头儿，不过我做不了主，这得看我母亲的意思。”这时母亲站了出来：“谁都不必离开这儿，你既是我的儿子也是他的儿子，你和其他孩子们一样都留在这儿。”三儿子是唯一一个会为他母亲说话的孩子，所以母亲也会站出来维护他。

所以这一切都应该归咎于你的母亲，不是吗？

后来老头儿把那头死掉的牛卖给了屠夫，看来牛一死，他就会立刻把它开膛破肚、大卸八块，然后卖给屠夫好让他能转手卖给别人。他甚至还拿回来点儿牛肉自己吃，当然他的三儿子是连碰都不愿意碰的，他是那么地讨厌这头牛，它可差点让他丧命！对吧？

那头牛讨厌你是因为你对人家很刻薄。

那头牛一向不喜欢小孩子，它对所有的小孩儿都一样，都一回事。无论是他们中的一个还是一群。不过它对老三要格外暴躁，因为每次当它被捆着无法动弹时，他都会借机狠狠地打它一顿。其实早在它用牛角刺伤他之前，他就看它不顺眼了。每次，当他的父亲捉住那头牛给它挤奶时，他就会趁着父亲去拿提桶的空隙，一下子骑到它身上，来折磨它。该死的畜生！哦，对了，那头牛的名字叫泽林娜。该死的母牛！该死的，它可危险极了，瞧它是多么会顶人！稍不留神，就会被它转身撞上，脑袋就像撞到一堵硬墙上。该死的家伙，不是一般的烈，目中无人。事实上，父亲和母亲之间存在的最大的问题是，父亲在外面又有了别的女人。这也就是为什么他们一直以来总是争吵不断。那个女人住在稍远一点的乡下，但比父亲那些住在镇子上的女人都要年轻许多。父亲身边总是围绕着各种莺莺燕燕。懂吗？那个女人还未婚。三儿子企图用自己的方式来解决这个问题，让一切回到原位。尽管母亲对此一无所知，但却也有一丝怀疑。他总是会反驳父亲说的一切，转而支持母亲，比如他常常会对母亲说“妈妈，别理他”或者“没必要闹得太过分”之类的话，但却从来没对他父亲说过。他是一众孩子中为数不多的聪明人，他希望家里一切顺遂，没有纠纷、没有冷战，最好是连一点儿争执也没有。

但是据说……

没什么可但是的。他没钱再去买一包烟了，现在还剩下三支，不过够今晚抽了。一会儿他就要点上一支。他在大约十一岁的时候就已经发现了这件事，他亲眼目睹了一切，于是他回到家里把这一切向母亲和盘托出。其实他早在那之前就有所怀疑了，只是尚且不敢下定论罢了。不过就在刚刚他终于确定了，于是他找到母亲，把她拉到一个确保不会有人听墙角的地方，然后告诉她：“他在外面有了别的女人，所以才没钱给您，您还没发现吗？这下明白了吧？他把钱都给了别的女人，就是这么一回事，您听明白我在说什么了吗？这真的很丢脸。”这个三儿子向来问题缠身，是非不断。

这世上就是有人谁都不爱，你的心是死的。

很久以前他的父亲还是很有良心的，对母亲好极了。但是好景不长，后来他变了，换了个人似的，懂吗？“但他现在是个很冷漠的人。”母亲这样告诉他，说他父亲彻底地变了。但那已经是很多年之后的事了。当时三儿子只想说出事情的真相，他总是试图用各种方法去保护母亲，你能理解吗？在某天放牛的时候，父亲同母亲起了争执，起因是父亲想揍老三一顿，但母亲拦着不让。于是父亲恼羞成怒要上手打她，母亲跑了出去，躲进了邻居家里。邻居是一位叫奥琳达的夫人。她见状问道：“哦天哪，这是怎么了？”然后她们说了这样那样的事并想了各种办法，最后奥琳达说：“夫人，回家吧。”我[1]也不知道过了多久，她继续说道：“我陪你们一起回去，他不会对你们做什么的。”随后奥琳达夫人便将他们送回了家。对吧？他们顺利进了屋，一切看起来都很平静。父亲看到他们进来，像模像样地迎接大家，表现得彬彬有礼，但其实全是装的，对吧？他就是那种虚伪奸诈的人。可就在奥琳达夫人前脚刚走，他立刻抄起一把刀想要杀了孩子的母亲。

就单纯地因为她之前维护过你？不过以前他们总说你母

① 第二次出现第一人称。

亲不是好人，但你还总去找她。

这时，母亲吓得四处逃窜，她再不跑就要没命了！孩子们也都吓坏了。“我要杀了你！我要杀了你！”所幸不远处有一棵橘子树，他们便一起跑过去藏了起来。其实那儿本来还有很多树可以作为藏身之处，但是只有橘子树下没有眼镜蛇，它们讨厌橘子的气味。当晚他和母亲便是在那儿睡的。不过，农场里最好的树其实是另一棵，但它离家很近，实在是太近了。那是他最喜欢的一棵树，没有之一。它不仅会散发香味，甚至还会出水。它就长在河边，一条小溪在树枝下穿流而过。那时他能紧紧抓住两根树枝固定在上面而不掉下去，然后顺势靠着树枝的支撑慢慢地探下身去，喝到河里的水。他对母亲说那棵橘子树下喝不到水，万一他晚上渴了的话，就得去家附近的那棵树下喝水，但是那棵树又离家太近了。“而且那儿还可能有眼镜蛇。”母亲补充道。“是啊，您说得对。”他回答道。那晚他们没有回家，就在田间睡了一宿。“儿子，明天我们就离开这里去外公家。”那是个很远的地方，不是吗？距离远得超乎寻常。走路或者骑马到那儿要三个多小时。不过现在他外公已经过世了，也就是他母亲的父亲。以前我们去那儿要么走着，要么骑马。“天一亮我们就出发。我要把这些事都告诉你外公，什么时候事情解决了什么时候我们再回来。”但是在破晓之前，她还想回家拿几件衣服穿，以免冻着她自己还有她的小儿子。但是很不幸，她被丈夫发现了，他当即冲了过来，准备抬手打她，凶神恶煞。小儿子见状，立刻爬到父亲身上从后面打他，无意间还误伤了母亲几次。现场一片混乱。直到后来亚西比德[①]的到来才制止了这场混战。他只记得他和母亲最终得以顺利脱身。至于其他的细节可能就只有母亲一人还记得。他们在外公家住了八天，直到父亲找到这儿来接他们回去，并对母亲说事情都已经解决好了，家里的其他孩子都很需要她，他们不能没有母亲，不过对他来说倒不是那么需要。于是，他们便随父亲一同回去了。“我永远都会站在你这边的，女士，我发誓。”现在他也总是维护着她，大事小事都一样。买盐算是一项家庭开销，其余的从米到肉，农场里什么都不缺。

你为什么要称呼你母亲为女士[②]？你连她也不喜欢吗？

他一直都是如此。从他小时候起就开始称呼别人为女士、先生，至今仍是这样。那个时代都是这样的。但现在却不一样了，大家都直呼其名，甚至还会说一些污言秽语。父亲那时对他的三儿子总是有一种莫名的厌恶，某天他们的

---

① 父亲的好友，前文出现过。

② 除了在公共场合，在家称呼女性长辈“女士”在拉美是很常见的表达，尤其是保守传统的家庭。但根据语气的不同，可能会被解读为疏远或讽刺的意味。

姨妈路过时正巧听到了她姐姐卡米娜的抱怨："阿斯托尔福[1]总是对小约瑟玛充满恶意，甚至还强迫我一直打他，这没道理。这真的让我很生气，他都已经十二岁了，我看总有一天他会和他父亲闹到鱼死网破。"于是，姨妈对他说要带他去里约附近转转，就在里约州的科埃略达罗莎镇[2]。然后他就跟着去了。他一到里约，就被眼前的璀璨灯光、流光溢彩的景象震慑住了，那是与科科塔截然不同的一番场景。他还是第一次见到这么多种颜色的霓虹灯！红的、蓝的……让人目不暇接。他就站在那儿怔怔地看着，"我以后一定要做这种工作，非它不可！"他向来对电学情有独钟，所以才会盯着那些灯啊什么的一直看。他们在傍晚的时候赶到了镇上。清晨四点，天就要亮了，等到那时就能慢慢地看清楚一切了，没错吧？那晚他彻夜未眠，生怕错过一丝风景。哪怕直到现在，每次他乘车旅行的时候，也都会整晚不睡，只为了看那些不断映入眼帘的新奇事物，不是吗？姨妈把他带到这里，他就这么一直待着。尽管他想回家，就算要走回去他也愿意。他很想回去，奈何姨妈既不给他路费也不让他走。懂吗？他在姨妈家甚至还要挨饿，因为姨妈信奉耶稣，所以她家的食物都是定量分发的，直到现在都是。她那时是神召

---

① 西班牙语 Astolfo，阿斯托尔福，是男主人公约瑟玛父亲的名字。

② 科埃略达罗莎（Coelho da Rocha），里约热内卢州圣若昂迪梅里蒂市（São João de Meriti）的一个区。

会[1]的信徒，所以食物都是严格实行配给制的，以至于他常常饥饿难耐。从前在乡下时，他每天都要吃很多的东西，不是吗？而现在每到吃饭时，他总会分到一小盘的儿童餐。有一次，他忍不住嗫嚅出声："姨妈……噢，没事没事。"他向来不是一个会抱怨的人，对吧？只有这样才能维持表面的平静。然后他就只好每次都出门再买一个又大又圆的手作面包，等到吃完再去别的地方。所以现在他才会一提到面包就想吐。偷吃面包的事被发现后，姨妈还训斥他说他必须得吃饭，不要吃这么多面包。他连连点头，应道："好的，姨妈，我明白了。"他就这么和姨妈一起生活了五年，每天他都掰着手指算日子，因为他能回家紧紧拥抱母亲的日子一天比一天少了。不过，他曾发过誓，除非有一天他能拥有一辆自己的小汽车，否则他绝不会回去的。尽管他喜欢研究电，但他确实对此一无所知，于是他只好干起了泥瓦匠，打打下手。等他再也忍耐不住回家的渴望时，他已经十六岁了。

她之前一直忍着没去见你，直到后来她甚至都快忘了自己还有个三儿子了。

她经过农场时看见路边很多土地都被翻了起来，她的大女儿正和别人一起种着生菜。"那是什么？女儿，是暴风雨

① 神召会（la Asamblea de Dios），基督新教教会之一，成立于 1914 年的美国，现已传播到 190 个国家和地区。

吗?”“不是的，女士，是一辆车开过来了，还是一辆福特翼虎。”“是谁来了? 女儿。”“不知道，太远了，我看不清他的脸，但是他穿着一身新衣服，香水味儿都飘了过来，还挺好闻的，比那些会出水的绿植还好闻。”“女儿，你觉得他会笑话我们穷吗?”“我不知道女士，也许那个年轻人会飞速开过去，然后在那儿停一会儿，又或者停也不停就直接开走。”

第三章

在酒吧的玻璃的倒影里，他看到了自己的模样：披肩长发，胡须丛生，风格前卫而时髦，略显浮夸，随心所欲地四处游荡。他来自很远的地方，经过漫漫旅途才到了科科塔。正是在这天，他第一次见到了她。大约在上午十一点一刻，他看到她经过，时间清楚地显示在他的金色手表上，金属表带，但是镀银的。她看了一眼他的手表，镇上很少有人有这个。

赶紧的，从床上起来！该上班了。从这儿到里约市中心有将近两个小时的车程呢。

他很快去跟她搭了讪，对她吹个口哨：咻！[1] 她抬眼看

① 原文中是 Psht，口哨声。

了他一下，也就这些了，没什么别的。然后，他又吹了一声。这个女孩很年轻，有点被吓到了，所以她快速地离开了。直到再也看不见他。她直接回了家，就是这样。那时候他的梦想是拥有一辆车，因此他买了一辆戈尔迪尼[①]，那是当时很流行的一种车，就是我们说的那种小轿车。当时他以很低的价格买下了戈尔迪尼。他就是开着那辆车出现在那儿的，不是吗？离家多年之后，他蓄着大胡子，留着长头发，一副披头散发的样子。连他母亲都没能认出他来。他来到家门口，用力敲打着房门。就在他母亲的那个农场，他母亲说道："事情是这样的：我是有个儿子叫约瑟玛，但是我不认识您。"于是她找来了自己的女儿们。大家都来了，他和母亲单独交谈了一个半小时左右，就为了看她能否认出他来，但她还是没有。自从他和他的姨妈离开去艰难谋生后，母亲就再也没见过他了。但是他又回来了，不是吗？她却根本没有认出他来。他于是拿出了一张照片说道："女士，您还记得这张照片吗？我当时还不到十岁。""啊，现在我想起来了！您是我的儿子呀。"他对她说："您看看这叫什么事儿

---

① 原文 Gordini 在中文中通常被译作戈尔迪尼，是外形很可爱的小汽车，大部分是蓝色，在当时很流行。早先诞生于法国，是欧洲现代经济型汽车概念的先驱车型之一。阿根廷在 1960—1970 年间销售该款车型。这是一种欧洲汽车品牌，最为人熟知的可能是法国汽车制造商雷诺（Renault）的 Gordini 系列，这一系列的汽车通常具有运动化的外观和性能。

啊，老太太！看这时间过得多快！对不对嘛？真让人惊讶，您都这么一把年纪了！但我还是原谅您。”母亲拥抱着他，亲了亲他的脸，并挽住了他的脖子。

行了！快起来干活吧！“妈妈”“妈妈”的！你又不是小奶娃儿。

但那时他已经在街上见过那个小女孩了，玛丽亚·达·歌莉娅，他就在那个时候认识了她。他找到了给他理发的理发师，每天都给他做按摩，还帮他处理那些理发师必须干的活儿。这家理发店是他每次回到镇子必去的地方。有一次，他来了，她恰巧路过，于是他问道：“那个漂亮女孩是谁？”理发师告诉他：“是玛丽亚·达·歌莉娅·罗西，皮诺的女儿。”事情就是这样发生的，不是吗？她还是个孩子，但已经发育得很好了，即将年满十二。她是个健康、漂亮的女孩。身材结实，胸部高高隆起。金发飘飘，皮肤白皙，脸颊因气血旺盛而透着红晕。而那股内在的血液已经开始沸腾，总有一天会彻底奔涌而出的吧。他对她说：“我可爱的小姐，你先别走，我想和你说点事。”她笑了，有些不知所措，而他还在一个劲儿地说着，不是吗？后来她和三四个朋友一起离开了。“他妈的！我现在能做些什么呢？”他问理发师，“我要怎么做，才能再见到她？”“你要做的是晚上七点半或者八点左右的时候出现在广场上，那时她通常会在那里闲逛。也许她已经喜欢上你了，到时候你可以自由发挥。”这就是理发师告诉他的，“你会在那儿找到她的。”没问题，就那儿了。随后他转身去了农场。“你现在的头发又长又密，像个出众的花花公子，你会让所有的女孩都心动的。”理发师这样对他说。到了下午的那个时候，他早早就刮好了胡子，整理好了头发，他看起来有点像照片上的那个人了，对吧？大约六点半，他一眼就在广场上看到了她。她独自一人在附近闲逛，坐在了一张长椅上。他向她走了过去，对吧？他只要一靠近她，她就跑开，避开他，因为害怕她的父母看到他，就是这样。但他一直没放弃，他告诉自己：“那我得这么做：给她点时间她会主动联系我的。”他也确实这样做了。他去了一家酒吧，喝了一杯啤酒，知道吗？一点都不慌。这时进来了几个女孩，她写了一张小字条交给了他，说想和他说说话，但她害怕她的父母，懂吗？她想和他谈谈，聊聊天，但她的父母可能会打她。她让他也回复小字条给她。他读了留言，在这种情况下只能这样做。但一天过去了，一切照旧。他受不了了。“必须得有她的回信儿，他妈的！她去上学了吗？”他问理发师。理发师说：“她总是在十一点半左右会经过这里，在这个时间。”第二天，十一点半，她正好路过那里。他在那儿像个疯子一样自言自语着：“我会一直追她，直到我能理所当然地和她讲话，我要听到她的声音。”她当时迎上前，对他说了声“你好！”就这样现在他的面前，不是吗？“站住！”他挡住了她的去路，把她逼到墙角，“可爱的小姐，你听好了：我收到了你的小字条，我认为父母不能阻止两个人相爱。因为我的父亲不会阻止我，我想你的父亲也不会。真要阻止我们，如果有什么问题，我会去找你的父亲谈谈，然后告诉他我喜欢你。有什么大不了的，我只是想我们两个人聊聊天，不会有事儿的，一切都说得通。”她缓缓地问他：“你能有那么大的勇气吗？”他说：“当然了，我有勇气，你爸在哪儿？我去找他。”她连忙劝道：“不，不要这样做，看在上帝的分儿上！”星期四，他来了。公园里依旧飘荡着远处传来的音乐声。他还记得，那天她穿了一条白色裙子，上面是粉色的衬衫。事情就是在那时发生的。他在和其他男孩聊天，开着玩笑。然后，有人点了一首罗伯托·卡洛斯的歌给他，一个人透过扩音器喊道：“一个穿着粉衣白裙的女孩把这首歌献给一个棕色头发、棕色眼睛、白色皮肤、穿着全白色衣服、黑色鞋子、手戴腕表的男孩。”就在这个公园里，在这个有吊床、滑梯和所有这类设施的儿童游乐园里，他们的故事开始了。在放学的路上偷偷摸摸地约会之类的，不是吗？

有一个大广场，还有一个比较暗的广场。

一个是方形的，有很多植物，有一个往上喷水柱的那种喷泉，还有朝下照的那种白炽灯，这些在他小时候是没有的，这绝对称得上是一个与众不同的广场，这是大广场。另一个广场在体育馆前面，她得去那儿上体育课，周围的街道是鹅卵石铺成的，有玫瑰花，有很多喷泉，还有一个非常漂亮的湖，在那个比较暗的广场周围有很多植物，不是吗？另一边，流淌着一条河，科科塔河，无论你从哪个角度看都很宽大的河，非常漂亮，河岸上长满了各式树木和各种植物。这个体育馆非常好看，设施都很现代，地理位置也很好，对吧？在那个时候称得上是非常现代化的，但搁现在就算不上了。于是他过上了一种别样的生活，怎么说呢？像捕猎一样。还不错。她住在离体育馆大约两公里的地方，他们每天都必须经过电影院、两个俱乐部和镇子的主要街道。这些街道上都是住家、药店、市场、商店等等，人特别多。她会一如既往地经过这些地方，而他也依旧在后面跟着她，毫无疑问，不是吗？

你是跟在我后面，还是走在我旁边？

有时在后面，有时在旁边。以前是跟在后面，后来变成了走在她身边，当他们的关系发展到更为亲近的时候，他提出："你不要走得那么快，我想多看看你。"她会利用上体育课的机会，开始跟他偷偷见面，就在街道幽暗的角落。她从家里直接出去见他，一路上满心欢喜，哪怕不去上体育课也行。

镜子里的你看起来很憔悴，又很疲惫，你没睡好吧，你为什么一直没睡？

昨天晚上他睡得很不好。他睡了又醒，醒了又睡，辗转反侧。他想，这种事时有发生，不是吗？把那些早已开工的破烂建筑工程做完，就能轻松些了，对吧？才有更多的时间做其他事情。他之前给一个女人出过一份关于一栋老式公寓卫生间的报价。当他把墙推了之后，才发现后面有一个他没预料到的管道。然而，管道断了，导致预算上扬，可是业主却不想付钱。与此同时，在另一栋楼里，情况更糟，他和助手扩了一扇窗户的面积，但他们没有得到公寓房主的许可，大楼的管理员抱怨着："一个干了这么多年的工人怎么会想不起来征求业主同意呢？"而且材料的费用在他报价的那时候是一回事，而现在又是另外一回事了。该死的通货膨胀！最后他还得自掏腰包补上差价。这会儿母亲还生病了，如果她没有好转，还得去看医生，再不好的话，就需要采取另一种更昂贵的治疗方案，而她唯一可以卖的东西就是这套房子。他整晚都没有睡好，而现在他得去上班了。

要是你不用去工作的话，就可以躺着再休息一下。

就算他睡着的话，也会因为焦虑再次醒来。

但你最好再休息至少一个小时，安安静静地躺一会儿。

那栋旧公寓的女房东还在等着我呢，厕所被淹了，水管也坏了。

你可以跟她说，公交车在路上耽搁了一个小时。

他半夜醒来，想起要完成那些该死的工程，恐怕还得自己掏腰包。

你别想我们最后一次见面的事了，那也会让你难受，不是吗？

她对父母说自己要去表姐妹家，她在那边有很多亲戚，对吧？类似这样的借口。等她到了（他那儿）以后，有一天，他对她说："我再也忍不住了，如果你愿意把一切摊开讲清楚，不再对你父母有所隐瞒，那你就别担心，我会主动去找他们谈。"于是有一天，她告诉了母亲他的存在。她挽着母亲的胳膊走过他身旁，把他指给她看："就是那边的那个男孩。"她母亲轻轻用胳膊肘碰了碰她，而他立刻察觉到了。老妇人对他笑了笑，而他则像个疯子一样在心里对自己说："他妈的，既然她母亲都看着我笑了，那就没事了，不是吗？"如果这女的不喜欢他，肯定会摆臭脸，对吧？那里就是她和她母亲经过的地方，但她们没再转过头来，径直走了，消失在他的视线里。但是他还在那儿张望，像个哨兵一样原地不动，懂吗？因为她们总得回家，还会再经过这里。就这样，时间一点点流逝，到了晚上快十点的时候，小镇已经变得寂静无比，她们两个又再一次出现了。他自言自语着：“管他呢，我要过去打个招呼。”

我们和我母亲去了哪里？

她们去探望了她的一个生病的舅舅，住在另一条他根本不认识的街道，不是吗？那时候他还从来没去过那条街道，那条满是好房子、体面的街道。她是和母亲一起来的，他靠在汽车那里等她们，不是吗？那辆翼虎车里的收音机还开着，他心里想着：“哎，我要过去搭个话！”他在那儿自个儿琢磨着，脑子里没有其他的任何想法，只剩下“我现在要过去，我要跟她、跟她的母亲、跟所有人说话，我懒得再绞尽脑汁了，如果她们生气就算我倒霉，如果她们没有生气就相当完美了”。当他从她面前经过时，因为害怕他靠近，她往后缩了缩，拉着母亲的胳膊躲在母亲身后，对吧？可他还是走上前去，说道：“女士晚上好，您好吗[①]？”他和她的母亲说了话，还与她握了手。他鼓起勇气介绍起自己：“约瑟玛，很乐意为您效劳。”他们已经交往了一个半月左右，他真的很喜欢她的女儿。他想说清楚，他已经和她处了一段时

① 西方国家人们常用的打招呼方式，类似于中国的“你吃了吗”。

间的对象了，他一点儿都不想藏着掖着。“夫人，您的女儿很年轻，但是您看，她已经像一位小姐一样了，长发飘飘，她已经长大了，我现在注意到她的头发和她母亲的一样漂亮。我也很年轻，也很聪明，在不久的将来您或许会成为我的岳母，而我就是您的女婿，一切都水到渠成。”他就这样对她母亲说了，而她母亲听得一脸自得，似乎对这一切颇为受用。

你那时对我妈妈的印象很不错吧？

他非常喜欢玛丽亚·达·歌莉娅，简直为她神魂颠倒。母亲对他说：“好吧，别担心，我听到了，也明白了您的意思。但就我丈夫而言，我可是什么都没看见。”女儿一边看着她，一边听母亲接着补充说：“但如果哪天我撞见你俩在一起的话，我会抽她几鞭子。”她说她会用鞭子打她，但这只是玩笑话罢了，因为她的母亲人非常好。紧接着，她母亲说：“问题不在我，而在她父亲。你们可以约会，可以见面，但是要背着她父亲。我非常地爱我女儿，这是我唯一能为她做的事了。”母亲对他这么说的。“那您看这样行不行？”他说，“如果您允许的话，夫人，我可以去找您的丈夫，也就是她的父亲，和他谈谈吗？”她说不行，她觉得行不通：“孩子，他是个脾气蛮倔的人，他可能会抗拒这件事，甚至对你动粗。”接下来的几天，他再也没见到玛丽亚·达·歌莉娅，直到有一天，她出现在体育馆的门口，还剪了头发。“我妈妈让我剪了头发，就像其他同龄人那样。”这个时候有一件大事，下个周日有一场重要的足球比赛。他报名加入了球队，准备参加冠军赛，那个老头，也就是她的父亲，正是球队的教练之一，对吧？如果有必要，他愿意为他的球队献出自己的生命。在那儿，他妈的，就在他们那个科科塔体育俱乐部的足球队里挂出了一张海报，上面写着“约瑟玛·费雷拉今天首次亮相”。当时公众并不认识他，他在那里度过了他的童年，但多年前就离开了。周三他进行了首训，周四又进行了训练，周日他将作为球队的首发队员参加比赛。

这不是真的。镇上的足球队不会允许来自农场的人加入的。

大家的看法是，他是一位出色的运动员。在他们看来，他是这个镇子里、这支球队有史以来最优秀的运动员之一。他告诉他们，他一生都在不同的球队里辗转踢球。而就在那时，她的父亲，也就是那个古板的老头，跟他说了下面的这些话，当时他还对自己女儿的事儿一无所知。他看着他说道：“你作为左边锋在边线附近踢得很好，我喜欢这样的前锋，你踢球的技巧我也很欣赏。”但这个老人不知道他已经有了喜欢的人，他当时并不知道。当他在球队踢球的时候，有人看到他跟着她去了体育馆，去家里，和她聊天，当他接球的时候，人们喊道："那是球队教练老罗西的女婿。"真他妈见鬼了，那个老人气得眼睛充血，心想："妈的，那小子可能一直在我女儿身边晃悠！我却什么都不知道。"后来还发生了不少事儿。比赛那天他进了三个球，赛后他被评为球队的最佳射手，不是吗？那个混蛋，他是老罗西的女婿，整个球队的人都这么说，要要嘴皮子。到了晚上，踢完球之后，大家都在互相拥抱庆祝，老头子是那时才知道的。在酒吧里所有的人都跟这个最好的球员套近乎。"我不知道你有没有注意到大家在取笑我，说你是我的女婿，我不知道有多少是真的。"这位老人不知道这个最佳球员早已和他女儿交往了一段时间了。而这无疑是一个绝佳的机会，让他们真正面对面地交流。"啊……但是您的女儿长什么样呢？是不是一位金发碧眼的小姑娘，戴着那种像新生儿的非常小的金耳环？"老人说："她有一头金发，以前是长头发，现在剪短了。"年轻人接着说："是这样的，先生，我坦白告诉您：我的确，的确真心爱上了您的女儿，全心全意地爱她，她是一位非常优秀的女孩。"他就这么直接地告诉了她的父亲。后者说了句"啊，多谢！多谢！"之类的场面话。他非常用力地和他握了握手。那一刻，他本来很想鼓起勇气，给老教练一个结结实实的拥抱，再在他额头上印上一个大大的吻，用那种会让人肋骨都裂开的力度狠狠地拥抱他。尽管那老教练强壮得要命，是个脾气火爆的意大利人[1]。但至少他主动伸出去的手没有被拒绝，老人并没有瞧不起他。一切都很顺利。“你就留在队里吧，对了，你是不是留在镇子里不走啊，如果我没弄错的话，对吗？”他说：“能不能留下要看开的条件。”他接着说道：“因为我喜欢您的女儿，您又是俱乐部的领导之一。”“你是想说没什么问题，是吗？”她父亲接着问道。他说：“啊，是的！我不是来这个小镇挣钱的，我只是想踢足球，因为我父亲也住在这里，您又是我父亲的朋友，就是这样，您一直是我父亲的朋友，不是吗？”他的父亲叫阿斯托尔福，在农场工作，和卡米娜女士结了婚。不要相信人们说的话！因为他是家里最白的，大家就说他不是父亲的亲生儿子。

你别跟我爸说这个，年长的人比我们知道的事情要多得多。

他想说什么就说什么，别让那个老家伙来找他废话，他

---

① 20 世纪上半叶“二战”期间及战后，有大量受波及的欧洲人移民拉美，主要是德国人、意大利人和东欧人。和西班牙共和派（1931—1939）出逃路线不同的是，他们中的大部分人没有选择墨西哥，而是前往鼓励移民说西语和葡语的阿根廷、巴西等南美国家。其他南美国家也有接收，如哥伦比亚，但更倾向于接收欧洲白人难民。肤色在南美是歧视的因素之一，肤色较深的人口（如非洲裔、土著裔）在收入、教育机会和社会流动性上处于不利的位置。

要把他打得屁滚尿流。

别这么生气，你知道吗？我从来没有见过这么帅气的年轻人，头发还这么长。

他是六九年从里约来的，当时他妈的村子里还没有人留过这么长的头发[①]。

农场主，也就是农场的主人，是我这辈子见过的最好看的人，这个人没有白头发，也不留长发，戴着一顶宽檐白帽。

但后来她在广场上见到了他，他成了球队的最佳运动员，是俱乐部里最厉害的人。她开始越发地喜欢这个年轻人了。

是的，因为这个年轻人长得很像农场主。

她开始越发地喜欢这个年轻人，这就够了。那天下午，足球比赛结束后，大家都相处得很好，他还和她的父亲一起去了她父母朋友的农场，他们所有人都去了。他们沿路走

① 20世纪60年代是美国嬉皮士文化的兴起时期，主人公约瑟玛所在的巴西深受欧美反主流文化的影响，留长发作为当时背景下的一种时尚标志之一，象征着自由、反抗权威和对传统价值观的挑战。在保守的中产和上层社会，短发仍是体面、有教养的象征，而长发常常与贫困、不务正业联系在一起，某种程度上是社会阶层对立的表现。

着，去狂欢，去喝酒，喝最好的啤酒，一路上经过那些已经播种完了的田地和灌木丛。他，她，还有她的母亲，她的父亲和兄弟姐妹们，整个家族的所有人都在。那是一次大型的家庭联欢，不是吗？一次与众不同的聚会。这就是他记得的。那就是故事的开始。

曾经你想和我的家人们一起去乡下，但他们不愿意。

他要求她把头发再次留起来。晚上在乡下参加聚会，没有人穿西装打领带，在那儿每个人都穿着到膝盖的短裤，或者更短的短裤，没人穿别的。但那是在晚上。

能发生什么事儿呢？

他太喜欢那些派对了，完全沉醉其中。但晚上能看到的东西很少，事后人们还很容易忘记。因为没能看得足够清楚，所以想起来就更难。正因如此，那天早上，他带她去了郊外，他们两人独自待在那儿的房子里。她告诉他，她要去上学。

我害怕乡下，因为可能有眼镜蛇，我爸爸能听出来是否有眼镜蛇靠近。

他说服她两个人单独出去，去找小鸟。小鸟都很喜欢她，因为她对它们很好，不是吗？她在笼子里放很多食物，所以当她放飞它们时，两个星期后，一切照旧，它们又会回到笼子里。当小鸟被善待的时候心里是知道的。而且她也很会照看植物，她在清晨和傍晚时分给它们浇水。太阳炙烤着它们，没有水的话，它们便会干枯而死。她也喜欢马，虽然她骑马时马会跳跃，她被撞得不轻，脸也会被剐伤，但她还是很喜欢。动物们都喜欢她。

有哪种动物跟我相处不来吗？

母牛，它们既不喜欢女人也不喜欢男人。牛一看到女人，就想把她撞翻然后踢她。她也不喜欢那些野蛮的母牛，她一看到牛就会吓得跑开。

那些雄性动物呢？就没有和我相处不好的吗？

在他的记忆里是没有的。那里唯一的雄性动物就是他，他确实对她不太好。

为什么呢？

他想要她，毫不留情。而女孩即便事后后悔也为时已晚，她尝到了滋味，已经迷失在爱情中了，只能在心里默默等待着，等着那个男人再一次回来，占有她。

不，你对我并不坏，那不是真的。

是的，他很坏！他妈的！一旦她感受到了鱼水之欢，他就让她空等，因为他知道她别无选择，在原地等着他随时上门，在任何他想要的时间，在他与其他情人鬼混完之后，再来占有她。他身边总是充斥着各种女人，明白吗？单身的、已婚的，随他挑选。她们之中没人知道发生了什么，但她们也不太在意。他最多只能用这个来惩罚她们，让她们在快乐与痛苦之间惊叫着颤抖不已。

我不记得那种快乐，更别提那种痛苦。但我记得，每当农场主人路过我家时，他会摘下帽子打招呼，然后我就会想，你比他更好看。我想送你一顶帽子，这样你经过我家时也可以摘下帽子，向全家人打招呼。

他们带着床单，带着枕头，带着所有的东西去了乡下。在灌木丛中度过一整天，对吧？这是件不寻常的事情，没有人能看得到他们。他们走得很远，几乎没有人经过那里。进到灌木丛里就没人能看到他们了，他们就永远地消失了。那里有太多的植被。他上次去科科塔的时候还经过了这个地方。他们已经交往了很久，谈了一年左右了。上一次，她的母亲甚至说："这叫什么事儿啊，你们都交往了这么长的时间，不是吗？从你丢下她离开村子的那一刻起，这个家的一切都变了。"她的母亲告诉他，他走了之后，对她们来说，一切都变了，不是吗？母亲不再散步，不再上街，她一直待在家里陪着女儿。因为女儿也做着同样的事情，她现在去教堂了，她总是在教堂里，明白吗？祈祷不要再经受更多的打击，就是那个时候起，因为过度焦虑，她开始用指甲抓墙壁。她不再出门，不再跳舞，不再参加聚会，哪儿也不去了。

但我那天去了乡下，而不是学校，是不是？

他们一起度过了一整天，很快天就黑了，他们躺在草地上。事情是这样的：早些时候他们吵了一架，他告诉她，如果她不给他要的东西，她就再也见不到他了。她很为难。“那要怎么做呢？”她想知道。他说：“我来教你。”他慢慢地探入，尽管她浑身僵硬。

最后就是在那儿做的吗？在灌木丛里？

他妈的！不舒服！一点儿也不！他自己受伤了，把她也弄伤了，就在灌木丛里。后来他们停了下来。大约五天后，他们又做了一次，总是在露天的野地里。

但第一次，是在野外吗？

他说服了她一起去的野外，就他们两个人。妈的，等了这么久，真是倒霉透了！第一次，不是吗？在家里，她说自己要去上学了，就像每天早上一样。

我们要去哪里？这种痛苦会是怎样的？我不知道会怎么样。

他说：“我给你讲讲，你可以摘很多花儿。”她多么喜欢花啊！玫瑰、雏菊、大丽花，还有向日葵，向日葵越大，她就越喜欢。

我用这些花来做什么呢？

她通常把它们放在花瓶里，放在桌子上，放在床头。他猜，可能也会放在电视旁边。她问他：“为什么我会这么喜欢它们？”他说：“那我不知道，那些是女人的秘密，女人一般就喜欢那种东西，花之类的东西。”

为什么女人比男人更喜欢花呢？

它们很好看，人们路过看到一些植物的时候会说：“这些植物长得多好啊，还开花了！”一般来说，人们看到漂亮的事物都会感到愉悦，然后继续赶路。花儿的敌人是蜂鸟和蜜蜂。蜜蜂通常会打开花朵吸食花蜜，蜂鸟也会这样做。它们骑上去把花儿吃掉，吸食它的汁液。如果它们十天里一直这样做，花儿撑三四天就会死掉，不是吗？一般来说，它们会吸食花的汁液，或把整朵花吃掉。花的朋友是太阳、晨光和水。如果是家养的植物，那需要主妇们每天给它们浇水。如果是野生的花，就得等着清晨的露水，没错吧？在他还拥有车的时候，每天凌晨整辆车都会被清晨的露水打湿。

第四章

你又睡着了。刚才我叫你起床，你没理我。

他总是让她用一只手紧紧地握住它。

行了！你别乱摸了。

而她也总是迎合他的喜好，即便在她自己家也是一样，用手牢牢地包裹住它，紧紧地握着，好像在取悦那个胜利者，不是吗？同时他用双手狠狠地反复揉捏她的胸部。给她做起全身按摩，使得她身心愉悦，呻吟出声，甚至激动得差点哭出来，欲望燃烧，忍不住尖叫出声。就这样，“啊，嗯，啊啊，啊嗯，啊咦，太舒服了！有这样的一个男朋友可真好。”类似的呻吟与呢喃不自觉地从她的口中溢出。

这些确实是事实，但已经是很久之前的事情了，时间过了这么久，很多东西都变了，我们最好说说别的事情。

她把手伸进他的裤子里，把那东西掏出来放在外面。她是不是也应该张嘴含住它呢？可她从来不肯，她说不。他总是劝她，“亲一下又不会少一块肉。”“这也是爱情的一部分啊。”可她依然坚持，“不，我不做。”无论如何，她都不肯妥协。甚至连轻轻的一吻都不可以。“来，亲一下这根小棍子。”她没少亲吻男朋友的嘴唇，可那根棍子，她始终都不肯妥协。她总是说，“女人不做这种事。”但现在呢？如果是现在，她也许会吧。因为当下时代变了，女人们喜欢做这种事了。她那时候非常信任他，因为他说跟她是奔着结婚去的，为了让她对他深信不疑，他总是问：“你相信我说的一切吗？宝贝！”她仿若中邪了一般，问些“我该做些什么才能让你知道我是相信你的呢？”诸如此类的话。而他却说：“你要知道，我不是上帝，你不该信我，你该信的是上帝。”那是他经常对她说的话。而她总想反驳，说些“但是吧……”之类的话。因为她觉得她的生活变了，她从一个小女孩变成了女人，她变得开始不像原来的自己。女人们在这个时候往往都会近乎癫狂地想要抓住一切，会给心爱的男子她们拥有的一切，不是吗？也就是在那个阶段，他一直等着属于她的那个时刻的来临，当时机出现，他觉得她进入状态了，他便会立马扑上去，不是吗？最重要的是，那天去乡下的时候，千万别让戴尔芬娜[1]跟着去。

她是谁?

她最好的朋友，更加丰满，更加有活力，在歌莉娅无法出现的时候总是负责在他们中间传字条。她是她那些要好的闺蜜中的一员，但后来却背叛了她。因为她想从歌莉娅那里抢走他，甚至故意引诱他说道:“我可以给你你想要的，她太小了，根本满足不了你。”

你妈早上六点前就出门去了医院，她随时都可能回来看见你还躺在床上。我爸说的关于你的不好的每一句话都是对的。这是我最后一次让你赶紧起来。

他想在床上多躺几分钟，没别的，懂吗?因为还有一件事，他一直记得，就是是他教会了玛丽亚·达·歌莉娅如何观察月亮，她可是在那之前从来没想过她可以盯着月亮看很久的。但是他知道该怎么做，之前有人教过他。

谁呢?

他没跟玛丽亚·达·歌莉娅提过，是不想让她生气而已。在乡下，白天的时候，她确实总是盯着小鸟看。他让她多看看天上的白云，对吧?白天的时候，乡间满是绿油油的

---

① 西班牙语女名（Delfina），是男主人公口中的另一位情人，也是女主的闺蜜。

田野，景色多姿多彩，还有很多漂亮的石头。

你还不起来！你说的一个字我都不想听。

那些又高又大的石块，对吧？于是，他们跑着看谁能追上谁，他总是藏在那边那些大的石头后面，藏得特别好，而她开始绕着石头转圈，就像他以前追她的样子。他说："应该把眼睛闭上，用手把眼睛蒙上，然后可以开始捉迷藏，找那个藏着的人。"

他总是迅速地躲进灌木丛中，藏在那些该死的石块后面，这就是些他们找乐子的方式，那些游戏和小把戏，懂吗？她总是费劲巴力地才能找到他，如果她找不到，他就会自己出来："我在这儿呢！"就这些事儿。她会跑过来，喊着："哎呀，你看你，真厉害，太会藏了！"反过来，当她躲起来的时候，他总是能找到她。她会抱怨道："真烦啊！现在又轮到我去躲起来了。"他说："好吧。"那里的石头通常是深黑色的，带着白色的条纹，那些漂亮的石头就出现在那个山区，那里还有一些山丘和高大的树木，各种不一样的东西，田野中的各式野花、栎铃木①、巴西红木②，等等。她

---

① 西班牙语 Madera de Ipé，是一种热带树种，产于中美洲和南美洲北部。密度大且坚硬。

② 西班牙语 Palo de Brasil，巴西红木。树干富含水溶性红色染料成分，被当作燃料，也是制作小提琴弓的材料。15—16 世纪是珍贵的红色染料来源，过度开采，一度在原产地濒临灭绝。

还记得吗？还是她已经不再想他了？

……

那里有很多乡间野花，黄色的，很好看。这些都代表了巴西的颜色，不是吗？植物叶子的那种绿色，也就是巴西国旗的颜色，还有那些白色的碎石子就像国旗上的星星。他不喜欢衣服上出现黄色，但是他却喜欢黄色的花。我们可以试想下，他要是去一家卖衣服的商店，他绝不会买任何带黄色的东西。有时候她还会问他，为什么他从来不穿带黄色的衣服。尽管她也不穿那种颜色，因为她答应过他。她现在还会穿黄色的衣服吗？为什么现在她都不再想他了呢？

……

对于他来说，黄色带有很多含义，不是吗？黄色的小鸟、金丝雀，还有那些花，他喜欢看那种颜色。于是，他们俩总是玩得不亦乐乎，四处游荡，就这样，漫无目的，无所事事地从一个山丘爬到另一个山丘，再到另一个更高的山丘，懂吗？对他而言，无论是黄色的衣服还是红色的衣服，他都不喜欢。红色的T恤或者是红色的裤子，他都绝不会穿。有一天，她对他说，她已经猜到了为什么他不喜欢黄色或者大红色的衣服了，但是现在他已经不记得当时她说过什么了。

……

都是些他喜欢看的颜色，当人们互相赠送红玫瑰时，这意味着一个男人对另一个男人[①]，或者说一个女人对另一个女人，或者一个男人对另一个女人，那种浓烈的感情。那是他很想收到的礼物，不是吗？

……

另一种他喜欢的红色东西要数果冻了，太甜的东西他不是很喜欢，但是果冻他时不时地会吃一次。他不太爱吃饭，没什么爱吃的东西。他最讨厌看到血，他一点都不喜欢，血的颜色让他感到焦躁不安。他的一个伙伴在工地上受了伤，一块砖头从六米高的地方掉了下来，当他看到那张沾满鲜血的脸时，整个人都慌了神。他不得不送他去医院，在那里陪他待上一整天。后来，当他看到她身下流出的血时，也同样感到不安，坦率地说，他心里有些难受，懂吧？她现在在想什么呢？想他，是不可能的，因为她的父母说了他的坏话。

……

对他来说，这不是一种满足，他是绝不可能喜欢血的。

---

① 本书的作者曼努埃尔·普伊格（Manuel Puig）其另一本著名小说《蜘蛛女之吻》是拉美文学中最早直面同性恋议题的作品之一。但同性恋话题在上世纪六七十年代并不被视为一种常见的价值观，强调的还是传统价值观念和性别角色。

就算是世界上最漂亮的女人，在他面前流了血，他都会感到不适。没有例外，甚至一块带血的牛排，他也无法忍受。他百分之百厌恶带血的东西。光是谈论血就已经让人感到反感了。她有的时候会为他摘几朵粉红色的玫瑰，不是那种红透的。

……

他有很多女性朋友，非常受欢迎。通常，他只记得他收到过的那些粉红色的玫瑰花，也就是说，那是他跟那群女孩子玩得好的时候的事儿了。他以前收到过很多的玫瑰，但在那之后，就没再收到过了，因为他不和那群人在一起了，懂吗？所以说，没办法再收到花啊这类的东西了。而现在，哪怕是生日都在工作，所以就像平常一样。她不记得他的生日了吧？反正现在她也没再想他了。她不会去给他买生日礼物了，也不去广场了。她连门都不出，躺在床上，日渐憔悴。就像他一样躺在床上。

……

他住的地方没有太多认识的人。而且，他仅有的那些朋友，大多不怎么样，懂吗？就是人不行。都是些见钱眼开的人，总想让他请客喝酒，可他才不会跟他们玩这种把戏，懂吗？他试图和他的黑人兄弟好好相处，只有他们彼此才能相互理解。因为一个人是没有办法自己过的，不是吗？玛丽亚·达·歌莉娅现在到底在干什么呢？我最好还是从这该死的床上起来比较好，对吧？

……

其实他没有什么黑人兄弟，这个小黑人是一个孤儿，母亲把他抚养长大，他被带回家的那天是他俩第一次见面。他很照顾他，他从来没被蛇咬过，因为他的黑人兄弟也很照顾他，他教他该如何识别蛇正在靠近的声音。不是所有的蛇都会发出响声。最勇敢的那条会出声，比如金色的南美巨蟒，那种很漂亮的，走路会出声，类似当听到一个人从一千来米远的地方开始敲打演奏，发出嘀嗒嘀嗒的声音。它用嘴巴发出响声，在口腔中分泌毒液。被咬一口那可不得了，五分钟之后，人就死了，不是吗？每当蛇扑过来攻击的时候，都会深吸一口气，满腔愤怒，仿佛要一口咬死对方。歌莉娅是很怕蛇这种话题的，不是吗？每次都会把耳朵捂上，对吧？

……

有一次他看见一条狗，对吧？眼镜蛇把它给咬了，三秒钟没到，狗就死了。他听到了翻滚的声音，接着狗被咬了。狗试图咬回去，几个回合下来，眼镜蛇成功制服了它，狗倒下了，蛇仍不放过它，一直咬它，咬了个遍。它得把毒液注射到猎物的体内才能满足。蛇咬对方只是为了生产毒液，如果被它咬了，一时半会儿不会有什么反应，再或者它什么都没咬，口中的毒液也会让它自己很难受，让它紧张不安，满脑子都想着要捉住谁，好把毒液排出去。所以，一旦蛇抓住了什么，就随心所欲地去啃咬，使出浑身解数往死了咬它的猎物，把对方卷起来咬，咬个遍，懂吗？蛇会咬随机出现的任意一个动物，比如，狗、猴子，只要出现就会袭击它，但是有一种家伙很难袭击，因为他会识别声响，就像他一样清醒的家伙，跑得快的家伙。他离开科科塔的时机正好，不是吗？那些人正想套住他，但没能得手。如今，留在那儿的，只有那个令人悲伤的家和那个神经兮兮的女儿，也不知道她在焦虑些什么。要是她不愿意想起他，他妈的，爱想什么想什么。

……

他听过好几次这样的声音，有一次他正在用猎枪捕食小鸟来吃，抓白头鸽，大得像鸡的那种。他待在几块巨石的阴影下面，吹着口哨，思绪有些飘忽不定，突然向上看去，发现了一条巨大的眼镜蛇缠绕在上面。他口哨的声响其实和白头鸽发出的声音是一样的，但是那是一条眼镜蛇，正在吐着芯子，他心里猛地骂道：“狗娘养的杂种！”他本想找小鸟的，结果出来这该死的东西，他连忙后退，而它却张着大嘴直扑上来。他唯一能做的事情就是用猎枪瞄准打死它。枪一开，它直直地掉在了他的身上，但快要死了。他迅速地扣动了扳机，“砰”的一声，把那条该死的东西干掉了。更让人想不到的是，当他坐在石头上吃东西时，远远地看到另一条，又粗又长，抱都抱不住，二十多米长的蛇。他就那样一直盯着它看，大概看了五个小时，什么都没做，它在那里爬来爬去，怡然自得地散着步，最后钻进洞里消失了。“妈的！那条眼镜蛇简直大得离谱！”他本想放一个大点的钩子抓住它，钩住它。他在钩子上面放了块肉，就像钓鱼一样，不是吗？还有一根非常结实的绳子，他一点点开始拉动绳子去拽那条大蛇，但是卡住了。他该准备的都准备了，但是却忘了接下来该怎么做，他只好把父亲喊来，恰巧在那时，那条大蛇从洞里钻了出来。“我的老天爷！我们赶紧跑吧，儿子，别管了，这玩意儿太大了，不是吗？”他们逃走之后，父亲找来了不知道多少升的酒精，倒在了洞口，点了火。洞里传来扑腾翻滚的声音。它在下面想出来，但是出不来了。不知道它是死是活，也不知道究竟发生了什么，或者说它已经愤怒到近乎癫狂，去他妈的混蛋！烧死它！但从那次之后，他再也没见过它了。每次他说起那些蛇的时候，玛丽亚·达·歌莉娅都跑出去，怕听到些什么。那是多久之前的事情了呢？尽管他努力想记起，但有时候甚至他都忘记了她脸长什么样，还有她嘴唇的形状。

……

他想看到那条眼镜蛇自由自在的样子，明白吗？他也确实不止一次看见它在野外游动，但是他无法靠近，最多只能保持一二百米远的距离，当它察觉到附近有人靠近时，它便会立刻警觉起来，把头抬到一点五米或者两米的程度，四下寻找人的踪迹。于是，他总是躲藏起来，但是目光会紧锁在蛇的身上，尽管可能在某个时刻，他会像疯了一样拔腿就跑。他的父亲会识别蛇是否靠近，但现在不干了，早就放弃了这份差事。他感到无趣又失望，不想干了。如今，他已经是个老头子了。很多年前，他就把一切抛诸脑后，甩手不管，让每个人各自想办法生存。父亲曾忘我地工作，不停地干活，直到他对一切感到厌烦时，感觉到工作无法给他带来成就感，他便开始消极怠工，自己跟自己撂了挑子，懂吗？整日不务正业，开始出入酒吧，喝点小酒，留妻子在家里照顾孩子。随着孩子们慢慢长大，她开始一点点卖掉手里的东西来养家糊口。她卖掉了猪、鸡、羊，从外面捡能用的东西回家，而且还帮他还债，懂吗？一点都不容易。玛丽亚·达·歌莉娅不知道什么叫饥肠辘辘。如果有一天她连饭都吃不上，那些焦躁不安的毛病也就烟消云散了，还他妈能怎么样呢？

……

家里连一只鸡、一只羊都没有了，空空如也。母亲开始给别人家洗衣服，但还是入不敷出，只能去别人家当帮佣，顾不得颜面了，因为需要养孩子啊，懂吗？

……

他母亲那时候还带着四个孩子，不是吗？而现在他的父亲变了，彻底变了，不再酗酒。可当年，她去别人家帮忙，恳求他们雇她打扫卫生，并提前预支给她些东西，因为那天她的孩子们没有任何可以吃的东西。虽说那些人都是她的熟人，家境宽裕些，有的时候会帮助她。没什么可操心的，她先把买来的东西送回家，然后她留在这边干活，农场那边只要有吃的，她就不用担心什么了，他的姐姐可以给一家人煮饭，懂吗？母亲就这样整天在外洗刷、打扫，还要耕田里的地。这也是为什么她现在腿脚不便，可怜的老太太，她陆续卖掉了所有的鸡和最后仅剩的一只羊，就为了给孩子们换吃的，但是后来她没能把那只羊卖出去，索性自己宰了它，一家人吃得饱饱的，懂吗？羊肉真的太好吃了，直到现在他还记得那个味道，太不可思议了，今晚有米饭吃，哪怕是月末，母亲也总能留出吃的。但他要是能来块牛排就更好了，那可是比羊肉还要美味的食物。

……

他的母亲从未抛弃过他们[①]。除非她死了，否则不会让他们无家可归。

……

在他出门工作之前，她还没从医院回来。也就没注意到他在床上多躺了两个多小时。每当夜幕降临的时候，他会从那辆该死的公交车上下来，母亲一定会对他说："儿子，辛苦了！"他也会一五一十地跟她讲述今天发生的一切，比如，前往里约的车票又涨价了。她总是给他准备好了丘尼奥土豆汤[②]。她从地里拔了萝卜出来，放在米饭[③]里面一起煮

① 在拉美国家尤其是在经济困难、社会结构较为松散的地区，男性抛家弃子，缺乏责任感的现象较为常见，孩子主要由母亲和外祖母抚养。这种大男子主义文化鼓励男性追求自由和个人享乐，女性往往承担家庭和子女的全部责任。

② 西班牙语 chuño，起源于安第斯山脉中部，是一种冷冻干燥的马铃薯产品，作为印第安人的传统饮食之一，主要存在于南美高原。

③ 相比较与之有文化亲缘性，以土豆、面包为主食的欧洲地中海国家（如西班牙、意大利）。拉美国家在主食方面却主要依赖米饭，但与我们做法不同的是，他们的米饭通常添加佐料（蒜、盐、洋葱）后进行烹饪，如加勒比地区加入椰奶进行炖煮，安第斯山脉附近常与土豆和玉米一起，墨西哥则是加入辣椒和番茄。另外值得一提且广受欢迎的特色，如哥伦比亚、秘鲁、巴拿马的鸡肉饭，以及受中国移民影响用酱油烹制的秘鲁中式炒饭（西班牙语：Arroz Chaufa）。

熟，这是那时候很传统的吃法。因为没有钱买肉，母亲便会给他们做玉米粥，真的非常好吃。母亲将玉米面用辣椒[①]进行调味，再放入苦苣，把叶子切成条状拌进去，慢慢熬煮，最后变成一锅浓稠得不得了的汤。香味四溢，非常好吃。现如今他还想让母亲给他做这个米糊粥，他对她说道："女士，您做一下之前我小时候您总做给我的那个米糊粥吧。"她说："可以的，但是我可不想回忆起那段时光，儿子。"他说："没问题，您只管做，我很喜欢喝。"她也照做了，不是吗？玉米面、辣椒、苦苣，全部混在一起，她把它们全部倒进锅中，做了一锅饭。全部放在一起煮开，唯一的问题就是，一点肉都没有，纯玉米面，混着萝卜和那些叶子。此外，母亲还给儿子准备了很多的米饭，炸香蕉[②]，还有一块香喷喷的牛排。但今晚就算没人告诉他，他也已经心知肚明，不会有米糊粥，只有米饭而已。"儿子，撑不到月底了。如果我不干点什么改善情况的话，可能要被迫做一些我不想做的……"母亲说这话的时候，他没在听。

---

① 西班牙语 ají，用来指很辣的辣椒，在不同的西语国家及地区说法不一。在南美洲被称作 ají，也是原作出现的单词。在墨西哥和中美洲被称作 chile，在西班牙被称作 guindilla。在哥伦布之后的大航海时代，辣椒随着西班牙人和葡萄牙人的船队来到了亚洲，进入了中国。

② 炸香蕉是拉丁美洲的传统食物，使用熟了的香蕉进行油炸或者烘烤，可以佐餐，也可以单独食用。

……

如果母亲走了，兹尔玛可以过来跟他住一段时间。一天早上，在玛丽亚·达·歌莉娅家对面的房子里，来了个小黑人，他的母亲是名仆人，已经过世了。“卡米娜女士，您就不能把他带回家跟您其他的孩子一起养吗？我们给您点钱，这样我们也算救了他一命，不是吗？”在那个富人家里，他们有个女儿，名叫奥尔加。

……

每当他和玛丽亚·达·歌莉娅偷偷约会的时候，奥尔加都会从自家的窗户暗中观察他俩。他的母亲每天都会从奥尔加家的窗前路过跟她打招呼。他也会去和奥尔加一起玩，直到天黑，再去幽会对门。而他的母亲在父亲重新回到农场工作后又开始继续生孩子了，他那时还很小，“约瑟玛！约瑟玛！”他父亲总是这样叫他，就像对待一颗螺丝钉一样，叫喊声一次比一次令人窒息，直到他待在那里一动不动。而他的母亲有的时候也不能保护他，或是因为卧病在床，或是临盆在即。如果母亲要生产了，就不会去别的地方工作，但是会在家里洗洗涮涮，熨熨衣服。今晚回家时，如果母亲状态好一些，他会给她一个大大的拥抱。“女士，太好了，祝贺您，您正在康复呢，而且恢复得这么快，不是吗？还是说您并没有好转？”

……

他走过去跟母亲说，父亲对他越来越差。但是她此时躺在床上叫嚷着疼痛，因为家里马上就要增添新成员了。她又没有错，不是吗？她就是身体不舒服。

……

他抱怨道："女士！女士！您什么时候能好点呢？女士，我受不了了，太累了。我把牛都赶到了牛圈里，番茄地都耕好了，毒杂草也都拔了。而现在他又让我去收割甘蔗，我实在是胳膊疼啊！我手上还冒了个血泡！"妈妈，您在哪里？已经送去医院生产了吗？

……

在乡下有一间学校。在镇上也有一所，乡下的那是另一所。他上的是乡下的小学，那儿的老师叫瓦尔塞伊。他很喜欢他的老师，回家的路上也总是想着她，懂吗？没想到有一天可以这样认识她。她住在镇里，而他住在乡下。那位单身女教师从不请假，也从来没生过病。于是他来了，来跟那位非常漂亮的女老师学习。他喜欢她，是那种幼时的稚嫩感情。他给她留过纸条，放在考勤簿的最下面。那时他已经十一岁了，但仍不知道该如何写作，他怎么写的来着？"我亲爱的瓦尔塞伊老师：我打心眼儿里非常地尊敬您，您是一位伟大的教师，除此之外，我想说，我真的疯狂地爱上了您。尽管我知道可能会因此影响学习，也可能会受到惩罚。”对她来说，当她看到字条的时候，有点难以相信自己的眼睛。她过了几个月才跟他谈起这件事情，而在这期间，他一直都在等她的答复，懂吗？直到有一天，她才对他说，当她看到这条留言的时候，她感到很幼稚，不是吗？“我不知道谁给我留的这条信息。”那时候，如果老师想单独训斥某个学生，不会当着全班的面，而是让他等到所有人都离开教室。下课后，罚他跪在撒了一地的碎玉米上。她把玉米扔在地上，他跪在上面来忏悔。那天他出奇地安静，他还以为她会打他，因为在那个时代，老师是可以打人的。她抓起一把玉米，慢慢地撒在地上，然后问他是否还有其他的兄弟姐妹。他告诉她，他是家里的老三，他身后还有几个兄弟姐妹，这几年大家一直相处融洽，如今，他的母亲在许久之后又生了一个，而且还要接着生。父亲重新在农场干活了，所有人都要吃饭。“小姐，是这样的：是我给您写的字条，主要是因为我觉得应该把事实说出来，把内心的感受和埋藏已久的情感表达出来，这不是什么奇怪的事情。”于是他说他爱慕她。他对她坦白了，非常坦诚地说：“您别担心，您可以让我跪在碎玉米上，可以打我，但是您说服不了我的心。我彻底疯了，我爱您。我疯了一样地想要亲吻您的嘴唇。”

她听后，先是微微一笑，接着忍不住笑出了声，然后才对他说："我叫你来就是为了给你一些忠告。这种事会影响你的学业，但是我还是要感谢你给我写这张字条的心意，我很喜欢。你是第一个为我失去理智的学生，到今天为止我已经教过一千多名学生了，还没有谁跟我说过爱慕我。"然后他对她说道："您看，我亲爱的女士，是这样的：我真的很爱您，我会等您的，等我长大成人，我一定会来找您，成为您的爱人，和您在一起，好吗？"她说，那他要等很多年，可是世界上美丽的东西又有很多，不仅在里约热内卢和圣保罗，在乡野间更是如此，看看那些植物到底有多么地好看。他告诉她，他一晚上都在想她，因为全家人都睡得很早，在一天劳作之后，母亲也总是睡得死死的，母亲白天在外给别人家做帮工，洗衣熨烫，到了晚上，还要等全家人回来。而他想到她，想到老师，就会很难过。瓦尔塞伊老师告诉他，虽然晚上看不到植物，也看不到山丘和田野里的花朵，但他可以观赏漂亮的月亮和美丽的云朵，还有星星。"你觉得我好看，这就是为什么你晚上悲伤的时候，你想见到我，但是也有其他更漂亮的东西，所以你必须要学习，要记得出去看看它们，这样你就不会难过了。"所有人都在农场休息，父亲也是，他不再去酒吧喝酒了，也不去其他一些很远的地方，又继续在乡下开始干活。他整宿都在睡觉，尽管脑子一直琢磨着三儿子不是他自己的孩子。

……

他对待三儿子就像从外面捡回来的一样。他不是嫉妒另一个男人，也不是怀疑谁，他不会没头没尾地在那里想什么奇怪的事情，但通常他说的也都是些废话，是假的。他没说三儿子不是他的，但却以此开玩笑。他从来也没能说清楚这个问题，但是孩子的奶奶有一次对他说，他家三儿子是乡下农场主的孩子，农场主有很多地，他还用牛的轭犁耕过他的田。但是三儿子知道这不是真的，因为他的母亲是一个老实靠谱的人。那只不过是个流言，只是因为三儿子和所有其他的兄弟姐妹都不一样。他更白，但也不是特别白的那种，他的头发不像印第安人那样又黑又硬，而是栗色打卷的头发。歌莉娅不也总是这么说吗？“我感觉你的头发比我的还要软。”

……

他的兄弟姐妹都是又黑又硬的头发，母亲也是一头又黑又硬的齐腰长发，父亲头发剪得很短，也许是出于这样的想法，这就是为什么父亲总是对他要比别人更加严格，对吧？“约瑟玛！赶紧去耕地，那一片地一直到尽头都是你的。还有，把那些装满南瓜的袋子拿回来，还有最糟糕的活，也是最让你恼火的活，砍甘蔗。你个不要脸的东西，快去砍甘蔗！别磨蹭了，听见了没有？！”他的父母都不是印第安人，他们出生在某个农场还是什么村庄里，但不是那边的远处的灌木丛中，绝不是啊！那些人到底在胡思乱想些什么？祖父母也不是，但曾祖父母确是。三儿子问自己的外祖母是不是印第安人，她告诉他不是，但曾祖母当初却被抓进了灌木丛中，就在那边的丛林深处，他们用绳索将她捆了起来制服了她。这些就是他掌握到的信息。但是那边的那些印第安人并不是些什么危险的人物，他们被抓起来之后被驯服，他们逐渐适应，逐渐融入了文明社会，最后变成了正常人，明白了吗？

他们都是野人，都会射击，见什么射什么。

不是啊，他们不危险。他们只在被袭击的时候才会攻击别人。如果一个印第安人的女儿被劫持了，他们会无所不用其极地进行反击，懂吗？他们会用箭，他们自己的那些东西，比如棍棒。在镇子里有一间博物馆，展出了戴在头上的羽毛，还有他们用的锅，黏土做的厨具，以及那些大烟斗。但是在祖母的家里已经没有那些东西的影子了，尽管在丛林里还有印第安人，但是那是在很深处的地方，大概要有四百公里的距离，可以过去，但是每当进入丛林里就很容易迷失方向，在里面他们种了一些地，没什么别的用途只是为了填饱肚子。祖母告诉他，在一九几几年的时候，他们抓了一个印第安女孩，并驯服了她，让她成为一个正常的女人，穿裙子和衣服，因为之前她一直穿着一个类似裤衩子一样的东西，这个女孩也是要祈祷的。她很相信上帝，不是吗？就像他的母亲一样，她的一生中除了为孩子们劳碌，也没干什么别的，她对上帝的信仰，虔诚得如同一位圣徒。

……

他们从灌木丛中带出来的那个女人，在被驯服之后，依旧保持着祈祷的习惯，印第安人后裔的祈祷方式。每当夜幕降临，他们便出声吟诵，在入睡前呢喃祷告。家族里一直这样传说的，不是吗？她用他们的语言进行祈祷，跟基督教没有一丁点儿关系。在他的家里，孩子们都是印第安人的后代，没有谁是纯正的葡萄牙人，可以说血统纯正的人是那种自食其力、踏实生活的人。反正这个家从来没有过一个葡萄牙人，也没有意大利人。但他得在下一站下车了，去处理那间该死的破烂厕所。要不然他就只能搭上第一辆回桑蒂西莫的公交回去。母亲应该已经从医院回来了，而现在又没人照顾她。

第五章

拜托，别跟我提眼镜蛇，说不准这附近就有一条，只不过我们没看见而已。

她要是害怕的话，为什么还要掺和进来？他知道如何保护自己，她又来做什么呢？

到另一个公共汽车站的话要穿过三个漆黑的街区。

要是他今天被人打劫的话，那他们确实能在他身上捞到点东西，就是他放在包里要带回家的那块大牛排。要是碰上毒蛇，他可知道该如何对付它。它以为自己是个什么东西啊？不过，在这个该死的城市里，连条蛇的影子都没有。他从前曾多次外出都是为了布置陷阱来捕小鸟，不是吗？当时，他正心不在焉地摆弄陷阱，突然一抬眼，发现距他肋骨处二十厘米左右有一条绿色的眼镜蛇。那条蛇如树叶一般，通体油绿，但是水里的眼镜蛇和绿色的眼镜蛇都是不咬人的，谁都不咬。只要一看到人，它们就会一溜烟儿地跑掉，而且它们主要以老鼠、蚊子、昆虫等为食。然而，凶猛的眼镜蛇则能杀死在河里饮水的牛，还能一口吞下一头猪或者一只鸡。它主要是用尾巴和头来进行攻击：尾巴能够穿透肉体，留下针眼大小的孔；嘴巴里的两颗牙则会像钩子一样死死地咬住猎物，任凭谁也插翅难逃。但是因为水里的眼镜蛇不会咬人，所以他和玛丽亚可以脱掉衣服在河里洗澡。

不是这样的。

河里的眼镜蛇不咬人是因为水里含有它们的毒液。蛇不喝水，其实也没什么特别的理由，哪怕它渴了也不会喝，因为据说它要每隔十年或者六个月才会喝一次水。不过那些他都记不太清了，他只知道眼镜蛇会先把毒液都吐在一片叶子上，一片圆圆的像一个盆一样的那种叶子。然后再把毒液都倒进水里。等喝完水后它又会再把所有的毒液都吸回去。因为每当没有食物可以充饥时，它就会从毒液中吸取营养。

别跟我提这种可怕的生物，它们太吓人了。我知道今天下午发生的事儿，那位老人让你帮忙把厨房的水槽给掀开。

一个四面都被砖头围住的洞里钻进了一条蛇，它无法逃脱也无食物可吃，但即便这样过了十年、十五年……它也不会死，因为它可以靠自己的毒液存活。只不过它的身子会变得越来越细，越来越瘦，瘦得像只皮奥林[①]雀鸟那样，但依然不会死掉。这事儿就发生在科科塔附近，他的一个朋友，一个非常年轻的家伙，当时把一条眼镜蛇放进了洞里，然后用石头把洞口封住了，直到过去了十年还是十五年，他再次经过那里时突然想起："我曾在那个洞里放了一条蛇。"那洞就在那儿。于是他开始挖啊挖，直到找到了那个洞，他揭开盖子的时候还在想那条蛇应该已经死了吧，对吧？然而，就在他刚把石头挪开的时候，那条蛇突然从里面扑了上来，缠咬住了他的一只手，以致他当场毙命。这种事时有发生，那个男孩当时也就十八或者二十岁左右。他已经记不清他的名字了，反正是他的一个朋友。

那位住在破烂不堪的浴室隔壁公寓的老头几乎是个瞎子。

老人叫他去帮忙疏通一下厨房的水槽。他一进门，就看见老人孤零零地呆坐在那儿，什么都察觉不到。而餐桌上放着几千块的克鲁塞罗，一旁厨房的大理石台面上还放着一块品相上乘的牛排。

---

① 西班牙语 Piolín，是《乐一通》动画系列里出现的黄色金丝雀，在我国被翻译成"翠迪鸟"。形象滑稽，头大，身子细小。

他邀请你一起吃了吗？

没时间了，那个该死厕所旁边的邻居还等着他呢。但是老人把牛排用纸包起来送给他了。

他对你像对一个要饿死的人，一个要饭的叫花子一样。

真他妈的！怎么会有这么粗心的人把钱随手乱放。不过四十分钟之后，等他下了这辆破公交车，他的母亲就会给他处理牛排。他甚至愿意分给母亲吃一半！但其实她吃不了什么肉，因为她都没剩几颗牙了。

假如你是一条眼镜蛇的话，你会咬谁？

他现在不在科科塔了，这里可没有眼镜蛇。

我们假设情况是你必须得咬一个人的话，因为你无法带着毒液活下去，所以必须得选一个人牺牲。

他必须得选一个人牺牲？男的女的都行吗？

你会咬谁呢，你的一个兄弟还是姐妹？

他绝不会那样做的。他会咬那头奶牛，他对那头牛厌恶透顶到必须要杀了它，他恨不得一枪崩了它。

那你父亲的那个情人呢？

他不恨她。他已经长大了，一切都过去了，不是吗？他也不会对她耿耿于怀。因为情况常常是：当人们还是个孩子的时候，会有一种思考事情的方式，而随着人们逐渐见识到生活的本来面目，变成大人之后，就会产生另一种不同的思维方式了。后来他了解了，一个已婚男人永远不会只有一个女人，他一般会有两个、三个、四个……多少都有可能，懂吗？当他和歌莉娅在一起的时候也有别的女人。到最后他不得不好好想想哪个才是他的最爱。歌莉娅那时候还一直以为她才是最重要的，不是吗？如果这能让她感到更幸福的话，就让她这么以为吧！

不是这样的！我只想知道一切过往事情的真相。

现在她脑子不正常，她肯定还这么以为着呢。

这不是真的，我目前已经在恢复了，并且我只想知道真相，仅此而已。

她爱怎么想就怎么想吧，反正他又不会为此去寻死觅活，有什么大不了的。今天他就要酒足饭饱然后睡上一觉，还要她做什么？就算她现在不爱他了他也无所谓。曾经有过很爱他的女人，因为她深知他是一个正直的男人。

今天下午那位老人的餐桌上放了多少张面值一千的克鲁

塞罗？

那时她和他一样都住在乡下的一个小农场里。

拜托，请不要提到她的名字。

她叫阿苏赛娜[1]，与玛丽亚·达·歌莉娅的金发不同，她有着一头乌黑的秀发。

……

阿苏赛娜喜欢的东西跟他一样，对他热衷的一切都投入其中，她比歌莉娅年长一些。在足球场上，她也是球队的忠实粉丝。但她的父亲对他极其厌恶，他一点儿也不想让他的女儿到球场上去，不过她通常会由一群朋友陪着一同前往，不是吗？所以，她还是照样去了。

……

他常对歌莉娅说："阿苏赛娜给予了我你从未给过我的东西，这些东西你不是没有，而是你从未想过要给我。"于是他开始同时和她们两个人交往，他喜欢偷偷摸摸地谈恋爱，无人知晓，隐秘到极致。他常常是先和一个人见面，之后再去赴第二场约。阿苏赛娜那时住在乡下，这让他有了更

① 西班牙语 Azucena，是男主人公提到的另一个爱慕他的女孩。

多在白天与她见面的机会，而另一位情人则住在镇子上。对于住在农场的那位，他们通常是约在树下见面的，懂吗？他会对她说：“嘿，亲爱的，我会在某一时某一刻，在长成这样那样的那棵树下等你。”于是她就会在那里悄悄地藏起来，谁都看不见她，然后一直等着他。那时她是那么地冲动，爱他至深。

但你并不是真的爱她，因为她是乡下出身。

有一次，他去了一个离她父亲的农场很近的地方踢足球。那时，还有另一个家伙喜欢她，她是知道的。那个家伙是个斗牛士，村里组织斗牛的时候，他会徒手抓住牛的头……玩这些把戏。她的父亲一直都希望她能和那个家伙在一起，而他那时却从来不想和阿苏赛娜的父亲面对面碰上。直到有一天，他们还是碰巧遇上了，他感受到了她父亲那股强烈的愤怒。“过来！臭小子，总围在我女儿身边晃悠，我早就说过要宰了你，你和罗西的女儿不清不楚的，还想把我女儿也拉下水，我非得用镰刀把你阉了不可。去你妈的，你想左拥右抱，想都别想！反正要么是她，要么是你，就你们两个当中的一个，我非杀了不可。”就因为这个臭小子，他都不知道抽了他女儿多少次了。她父亲确实是打了她。她那时总说：“该死的，我爸打我！都是因为你我才总是伤痕累累的，你没看见吗？但我不会屈服的。他做什么都没用，都别想把我们分开。”于是事情就这样继续发展下去，父亲越是打她，她就越拼命去找他，对吧？做什么都是没用的，她会去他的堂姐家、姑姑家找他，她所做的一切都是为了见他，因为当一个女人爱上一个男人时，她就会不顾一切地、披荆斩棘地奔向他。总之，一切就这样进行着。然后，有一天她突然出现了，那时他还没能把她搞到手。于是他跟她说第二天不要去球场，可她还是去了。那天在赛场上爆发了一场激烈的争斗。所有人都冲着他来了。

你不过就是一个一穷二白的乡下人，为什么大家都针对你？

那是因为他进了第二个球。其实第一个球也是他进的，以至于当他进了第三个球的时候，大家都说这家伙是个魔鬼。那时比赛还没踢满九十分钟。

满口谎言。

那场冲突是从早上开始的，是和一个镇上的家伙有关，一直以来嫉妒他的球技，他们俩在半路遇上了。他是个乡下人，那个人是从镇上来的，球踢得还不错。对方张口放话，“今天下午，小心点儿！今天你负责盯防我，我会朝你踢两到三个长传球让你防不胜防，然后直接破门得分。”当他在场上进了第一个球的时候，一切都还相安无事。然而，当他进了第二个球，而另一个人连球还没摸到时，只见那家伙气急败坏地说，“我踹不死你，你别太嚣张。”可就算他出脚再狠，也够不着人。等第三个球进了，从镇子来的家伙彻底急了，冲上去朝他后背猛捶了一拳。“你是找碴儿，还是要怎样？”他质问道，虽然他本不是爱打架的人。但没承想那家伙说：“对，我就是找碴儿。”于是他给了他几拳，然后把他当成棍棒抡向其他冲过来帮忙的人，懂吧？这简直难以想象，最后竟把那家伙整个举起来，朝那群冲过来的人狠狠摔了过去。

……

这时警察也快赶到了。队里的一位教练把他带到了自己的车上，再也没有别人碰过他，他浑身都是血，但都是别人的血，他自己毫发无伤。那晚也是斗牛日，那个家伙还要去斗牛。随后，他回家了，但在临走前嘴里还嘟囔着：“妈的，我得跟阿苏赛娜谈谈，我真是受够他们了！我必须得告诉她。”于是他迅速赶到她的住处，并告诉她：“我在某个地方等你，快来。”她回道：“抱歉，我不能去了。”她哭泣着，但却无能为力，因为她的父亲一步也不肯退让，就是不准她离开。他又问她：“那你去哪儿？”她说道：“哪儿都去不了，我只能留在斗牛场里。”于是他回了家，开上自己的小汽车又再次返回，其他人都是坐卡车来的。他走进斗牛场，一眼便瞧见了阿苏赛娜和她的父亲。她就坐在那里，一边坐着她父亲，另一边坐着那个家伙。他现在已经记不清那家伙的名字了，只记得他穿着一身斗牛士的奇装异服，难看得要命，不是吗？他那个名字也是，糟糕透顶的名字，糟糕透顶的姓！他不知道当时怎么了，鬼使神差地在人群中径直走向了她，对她说："你最近好吗，亲爱的？"然后，他紧紧地握住了她那只小小的手。然而不承想，她父亲当场扇了他女儿一巴掌，她的脸立即肿成一片紫色。他见状立刻将她拉到自己身后，怒吼道："您甭想再打她了！我倒要看看谁还敢再对她动一下手！"他妈的，话音刚落，她父亲便和那个家伙一同向他猛扑了过来。场面有一点失控，斗牛表演彻底被打断。他拉住她让她上他的车里去，然后他关上了车门，反身回去找他们算账。在那儿他跟事先找好的一帮人会合，他们一起把公牛都放了出来，所有人都四散逃窜而走，而他又趁势在油布上点了把火。她其实一点都不喜欢那个家伙，是她父亲强迫她跟他在一起的，可恶，她必须要在这两个人当中做出选择，不是他就是那个男人。但那个男人可以在她父亲家里完全自由进出，而他却不行。那些家伙掏出了刀子，还有手枪，现场一片混乱，火光冲天。女孩趁机跳上了车，然后他们一行人开车离去，按着喇叭疾驰而走，这一阵阵"嘟——嘟——嘟"的喇叭声让一旁四处逃窜的人更加惊慌失措。原本座无虚席的看台摇摇欲坠，不时还能听见人们的窃窃私语："那孩子疯了吧，妈的，谁他都打，他来看斗牛，结果把大家一顿打，来斗牛场大闹一顿，现在居然就这么若无其事地走了。"他们开车去了很远的地方，但没有回科科塔，因为他们不想再引起混乱了，于是他们越过了那里，在附近的一个村子里吃了顿羊肉。"亲爱的，接下来的问题是，你还需要些什么吗？你准备好跟我一起私奔了吗？""当然！你带我去哪儿，我就去哪儿，我都听你的。"

村里的人跟镇上的人一点也不像。

镇上的人见多识广，他们甚至有时还嘲笑乡下人。那些农村人跟镇里人说话也不一样，他们讲得很差劲。哪怕有人站在他们面前，他们也不知道该说什么，圣保罗人也跟他们一样，他们说话像在唱歌，葡萄牙语说得乱七八糟的[①]。镇里的人总是穿得衣冠楚楚的，而乡下人则都很谦逊，无论穿戴如何，款式都很简单朴素。此外，他们常常赤足行走，这一点也让镇里人觉得他们很奇怪，格格不入，于是他们便常说："那个人一看就是乡下人，光着脚走路。"

那头发呢？也都不一样吗？

---

① 这里指的是没有接受教育的文化弱势群体在语言表达上出现的词语词汇匮乏、动词变位混乱（对应时态和人称）以及表达逻辑不够清晰。当然，教育程度只是影响语言体系的一个因素，这里只解释书中主人公所在的社会背景下的语言行为现象。

如果他们走在路上时恰逢一辆货车经过，掀起一片尘土，他们的头发便会蒙上一层灰，对吧？然后镇里的人们便互相说“那个就是乡下人”等诸如此类的话。然后他们便开始对那人大声叫嚷，极尽嘲弄，真是这样的，就为了贬低这个人，他们总是试图贬低那些来自乡下的人。以至于每当乡下人到镇子上来，都带着一种恐惧，不是吗？害怕别人对他们喊些什么，他们总是惴惴不安地来到镇子上，不是吗？

那我的葡萄牙语讲得如何？

好极了，柔美动人的女性嗓音，讲得毫无瑕疵。她从来都没有瞧不起乡下人，她对每个人都一视同仁。他曾告诉过她，他其实是镇里人，因为他出生在镇子上的医院，但后来是在乡下的农场里长大的。再后来他去了很多地方，像里约州、圣保罗州等。他曾问她：“你都知道了我父亲生活在乡下，怎么还会爱上我呢？”而她回答：“我看重的是你本来的样子。”那个时候她从不会晕倒，这是她母亲告诉他的。她母亲带她去看了好多的医生，没少检查。他们都说是这种或那种神经方面的问题，但最终也没诊断出什么具体结果，唯一的办法就是待在家里，哪儿都不去。而他心里推测的是：她这样上演这一出，是为了让别人把这件事儿告诉他，好让他回到科科塔。她像演戏一样做出了许多这种事儿，目的就是传到他耳中，好让他来拯救她，不是吗？

所以我当时身体不好都是装的？我说的话也都是假的？

他无需操心这些，因为他现在正舒服地坐在这辆公交车上，等到家后他就能享用到美味的牛排了。

为了让自己过上好日子，我都让你干了什么了？

将她从斗牛场那个地方带上车后，让他为难的是如何把她送回她父亲那里去。这可不是闹着玩的。最后他把她留了下来，带她回了他家，然而当他们到家时，他母亲却并不想接纳她。真是难以置信，那是他这辈子闹的最大的一场风波。

你口袋里装了几千块不属于你的克鲁塞罗。

他还没有碰过她，什么都没做。后来，她的父亲来了，扬言要么把她杀了，要么把他宰了，他要把她带回去好好教训教训。于是，她被带走了，被狠狠地收拾了一顿。而她呢，默默地忍受着父亲的毒打，没有吭声，只告诉他，这些都是没用的，不是吗？不管他怎么打她，她都不会哭的，“别做这无用功了，我一滴眼泪都不会掉的。”于是，父亲越是打她，她就越是忍着。她曾讲过她身上还有鞭子抽过的伤痕呢。就这样，他们两个星期未曾见面。她被禁足了。当两个星期过去时，他像个疯子一样地自言自语道：“去他妈的！我弄死他，她到底去哪里了，莫非她父亲真把她杀了？”于是他采取了如下行动：他有一个朋友就住在她家附近，他便跑去这个朋友家里，想远远地看她一眼。该死的，他的朋友已经知道了整件事情的来龙去脉，跟他说：“去他妈的，那个该死的老混蛋，那可怜的女人就是因为你才遭受着难以形容的痛苦！她爸每天都他妈的打她！”于是，他心想：“狗娘养的！我必须得做点什么！”那时她还有个妹妹也喜欢他，带了点私心，想偷偷跟他交往，所以有时候也帮姐姐传传话，这便是问题所在。那天，她妹妹瞧见他在邻居家里嚼一根甘蔗，便朝他打了声招呼。于是他趁机询问起她姐姐的近况，随口聊了几句。她妹妹开始给他看姐姐被父亲抽打过的地方，但浑身青紫的是阿苏赛娜，不是妹妹。她妹妹又指了指她的后背和屁股下方的大腿处继续说道：“他还打了她这里，这里，还有这里。”他为阿苏赛娜的遭遇感到非常难过，他是一个心肠很软的人。

那位老人送了你一块牛排，别的什么都没注意到吧。

于是，他对他朋友说：“我们过去看看吧。”那时她父亲不在家。“你在做什么呢？”她说，“爸爸每天都打我，打得很厉害，然后每晚他还会把那个曼卡隆[①]带过来，就是那个

---

① 西班牙语 Macarrón，阿苏赛娜父亲看好的那个斗牛女婿的名字。

斗牛士，他们都叫他曼卡隆。他每天都来，我还必须得坐在他旁边，我都要气死了。”那天下午她离开了家，他把她安排到一个老妇人家里住，那是他这辈子遇见过的最和善的女性。她的房子是整个村子里最好的。老妇人几乎把一切都安排妥当了，对他说：“我可以让她住在我这儿，但是，孩子，你不能老在这附近转悠。你们可以谈恋爱，我也会把她当女儿一样看待，但是我不会允许你们做些不该做的事。”老妇人家中还住着另一个跟阿苏赛娜一样的女孩，但她是未婚生子，因此住在那里。名字叫特蕾莎，是个黑人女孩。

老妇人收她做了仆女，那个特蕾莎也是她的仆女。那位老妇人其实是奥尔加的祖母，然而奥尔加家里，还有另一位仆女。

不过，他已经记不太清了。那位老妇人有儿女，但都已经结婚了，只剩下她和丈夫相依为命，她希望在家里能有个伴儿。于是，后来他把跟自己一起长大的养兄，也是个黑人，介绍给了特蕾莎作伴。就这样，他和那个混蛋黑人开始谋划他们的计划。“他妈的，我们要狠狠地大快朵颐一番！”然后他想出了一个周密的计划。他总是那个出谋划策的人。“今天我们要完成下面的这个计划。”他们在芒果园里扫视了一圈，那些芒果树简直是极品。他们便摘下来一边啃咬，一边看着溪水，和两个女孩腻在一起，肆意地调情，手指不安分地四处游走。他对她说：“今晚我要睡在你的床上。”她有些惊慌：“那你要怎么来呢？老太太发现了会把我赶出去的。”此时的阿苏赛娜已经开始像仆人一样以老妇人为尊了。他却只是轻描淡写地说：“不用怕，毕竟你已经因我挨了那么多次的打，我也吃了不少苦，所以现在我们必须要报仇雪恨。”

阿苏赛娜是个印第安人。

他害怕有一天她父亲会带着那个曼卡隆突然出现在河边，然后藏在暗处等着他。可实际上，此后他再也没在夜里见到过他，只是白天的时候在镇上能见到。而那位老妇人丝毫未察觉到她已经把阿苏赛娜拱手送给他了。他们四人开始在甘蔗地里谈情说爱，彼此激烈地缠绵，像是重炮轰炸一般。然后，他说：“等会儿，我和黑人兄弟一起到楼上去和你们两个一起睡。”两个女人一人睡一边，那床很大。他们四人开始环顾四周，那是一栋两层高的房子。“我们必须要这样做：我俩搭个梯子，所以你要尽早找到把梯子，把它架起来，假装你们要爬上去摘橙子。”随后，她便按计划行动起来，她先把梯子放在一棵橙子树旁，然后再挪到另一棵树旁，这样重复着……天色渐渐暗了下来，直到漆黑一片时，他让她把梯子搭到窗户正下方。她把梯子放得毫米不差，好让他能爬进房间里来。到了吃晚饭的时间，两个女人还一起去洗了澡。然后在大约十点钟的时候，他们来到了窗下。但恰巧这时老妇人的丈夫从镇上回来了。他们刚爬上楼梯便听见了"嗒——嗒——嗒"的马蹄声传来，于是他们立刻从梯子上跳了下去，躲进了草丛中。"我们再等一会儿吧。"但事实上他们已经忍耐不住了，时间一分一秒地过去。"该死的，我再也忍不了了。"她打开窗焦急地等待着。老人穿着靴子走进了家门，屋里的马赛克地板被踩得发出了很大的咯吱声。窗户依旧敞开着，他们两个迅速地跳了进去，随后一直在房间里待到了凌晨五点。他抱着他的女人，黑人抱着另一个女人，彼此之间满是渴望，激动得浑身起了鸡皮疙瘩。

……

他妈的，那晚极尽糜烂，她已经不堪承受，而他初尝禁果，没有一味地横冲直撞而是缓慢地侵入、交缠……玩弄着她，这反而让她更加疯狂。就这样，他们度过了一整晚。

……

他打开她的双腿，埋进那紧闭的甬道里，然后轻轻地推着。自那以后的每一天她都会经受这样的侵入，不是吗？她就那样时而接受时而抗拒着，直到有一天他紧紧地抓住了她，而她拼命挣扎无果，至此发生了天翻地覆的改变。他随即回了家。一切又恢复平静。

……

女人总是拐弯抹角，最好的办法就是别理她，直接来就对了。

我不知道什么时候能相信你，什么时候不能。

他成功地进入到她身体里了，从那以后的每次都很顺利。那天，当他又要挺身而入时，她说："啊！我得坚持住！"然后她让他继续，继续用力。每天他都会一点点地尝试，但那天他好像进到了另一侧，因为他感觉到当他突破进去的时候，她发出了一声尖叫。她喊道："该死的，够了，就到这吧。"那天他也不太好受，于是他给了她四五天的时间好好休息恢复，之后又继续互相交缠。她的身体异常紧致，他用过各种姿势与她缠绵，仰卧、俯卧……她从来都没抱怨过，就仿佛都是她喜欢的，他们在床边、地板上，站着、交缠着。他每天下午都会去镇上的足球场训练，等洗过澡后再到奥尔加家中吃晚饭，然后再穿过街道和歌莉娅约会，一直缠绵直至精疲力尽。

为什么你能去奥尔加家里蹭饭？我想知道真相。

他是个孝顺的儿子。每晚他都会陪着母亲回农场。大家都这么说："约瑟玛是个非常孝顺的儿子。"奥尔加的母亲、奥尔加，所有人都这么说。之后他再一次穿过甘蔗地、芒果树丛，在路上遇见了阿苏赛娜，但那时梯子还没搭好。她已经知道他在镇子上和歌莉娅约过会了。但当时他并没有跟歌莉娅发生过关系，跟他有过肌肤之亲的人是她。不过，当阿苏赛娜开始意识到他带着满腔愤怒走过来时，说道："该死的，你是怒气冲冲地过来向我发泄吗？""对，我就是要把一切都朝你发泄出来。"因为他总能让她彻底沉浸其中。"别给自己添堵，我知道你们两个人当中谁真正地享受更多，因为她根本没体验过您这位小姐参与过的狂欢，她甚至都不知道这根小棍子的厉害，而它可是完完全全属于你的。"在那里她沉默地接受了这一切，但心里还是长了一根刺，就是他和另一个女人在一起。问题在于，她希望自己是他唯一的女人，另一个女人也希望自己是唯一。倘若农场里要举办舞会，他就会对阿苏赛娜说："听着，你得在舞会上等我一会儿，我要先去镇上一趟，然后再回来参加这里的舞会。""不，约瑟玛，你就直接来找我吧，跟我跳舞。"他什么也没说转身就离开了，于是她赶紧补充道："我会在舞会上等你，亲爱的。"因为她心里清楚，最后的赢的人还是她。

我的病很快就会痊愈，我很快就能继续跳舞了。

不，他不信，那次他告诉歌莉娅说他是一个男人，并且必须要继续对阿苏赛娜撒谎，跟她说他爱她。他瞒着父母，邀请歌莉娅晚上到田间散步。但她说她不想去，因为乡村的夜晚看不见小鸟，也看不见独自生长的野花。于是他对她说，晚上虽然看不见这些东西，但是能看见美丽的月亮和云彩，还有星星。“你要学会并且记得出门看看它们，这样悲伤就会消失不见了。”

我从不悲伤，我妈妈很好，爸爸也很好，我家还住在镇上其中一栋最好的房子里。

他对她说：“但是我很难过，如果你不满足我，我今晚就去那个收留了阿苏赛娜的好心老妇人家里过夜，我会爬梯子上去，要是阿苏赛娜怀了我的儿子，我就会和她结婚。”他继续说如果他跟阿苏赛娜结了婚，就会带她一起去他的农场里生活，他母亲住的那间房子后面还有另一间，对吧？那是一个棚屋，就一个单间，非常简陋，屋顶用的还是过去的老瓦片，不是吗？周围有很多香蕉树，还有一棵橙子树，如今也已经长得枝繁叶茂，还能结出很多橙子。他告诉歌莉娅如果她不把自己交给他，他就得继续和阿苏赛娜见面。歌莉娅已经年满十四周岁了，一到晚上她就会被严格监视起来。“明天星期天下午，我会告诉我妈说我要去一个家住得很远的朋友那里一起学习，这样我就能去农场找你了。”但是他说星期天行不通，因为他母亲一整天都会待在农场里。

就明天，星期天，我再也忍受不了了。

他在一处不易被察觉的小路边等她，然后他们穿过灌木丛，从后门进入了农场，躲进了用人住的棚屋。那里他已经提前准备好了一张干净的、洁白无瑕的床。她开始忍不住地颤抖，因为她即将要在这里献出自己的第一次。他解开她的裙子，开始亲吻她含苞待放的双乳。她说可惜现在不是晚上，不然就能看见美丽的云彩、月亮还有星星了，这样他就不会觉得难过了。他回答说，他现在已经不难过了，因为这是他一生中最幸福的日子，是他们的婚礼之日。于是，她叫他不要再浪费时间，她想成为他的妻子，这样他们就再也不会分开了。他告诉她，他要完全拥有她，等到生米煮成熟饭，她的父亲就再也不能因为他贫穷、没受过教育而把他赶到大街上去了。是的，他们的敌人是她的父亲，而她母亲却是站在他们这一边的。

但是是谁在那儿打开了门？是谁怒气冲冲地闯进来朝你大喊大叫？是谁使劲打你，扇你耳光？是谁永远地毁掉了你的生活？

橙子树还没有长大，所以从农场的厨房那里能看见后面的那间屋子。母亲看到有人闯了进去，以为是几个小偷，便拿着扫帚过来把人吓走。“你还想在这惹出什么麻烦？还带着人家的女儿！你太放肆了，给我小心点！”他求饶道：

“不，女士，别这样打我，我甚至连她衣服都没脱光呢！您没看到当时什么都还没来得及发生吗？”因为他母亲那边有一个很严重的问题，对吧？她希望这世上发生的所有事情都合乎规矩，不是吗？他意识到……他意识到什么来着？他意识到母亲可能会把这事儿告诉歌莉娅的母亲，如果他坚持把她带回小屋的话。

等你回家之后，别跟你母亲说她做错的事，因为她现在病得很重。但是她确实对你做了一件永远也无法弥补的错事。

他已经很久没有听到过歌莉娅的消息了，他唯一能做的就是祈求上帝保佑她。或者倘若她病好了，也请不要忘记他。

你母亲也病了，什么都别再怪她了，有什么用呢？等你到家之后就把牛排拿给她，她会给你准备好然后再配上一点儿米饭的。

第六章

家里为什么会这么脏？昨天晚饭的盘子还没人刷。你白天干了一天活，疲惫地回到家，却看到家里连床都还没有整理。

他晚上九点下班回家，里约这个该死的鬼地方，离他家太远了，他在车上睡了一路。沿途没什么可看的，真是烦死了。不巧那几天他还遭遇了劫匪，钱包被抢了，连证件也没了，身无分文。他们还抢走了老太太留给他的钱。她病恹恹地去了乡下的农场。坐了十六个小时那种最便宜的长途汽车，到了的时候人还算活着。他祈求上帝让她挺过这趟旅行，要是她没能活着到达，早就有人给他发电报通知了。在农场，大女儿会一直照顾她到康复，懂吗？这样他也能缓一缓。上次做手术她花了他不少钱，导致他一直没缓过来，经济状况每况愈下，没有周转的资金了，知道吗？但他从来没跑去跟她抱怨过："妈妈，我已经身无分文了。"她人太好了，这样可能会逼她说："我的孩子，你或许可以让我自生自灭，类似这样的话，这样你就不至于落得身无分文了，不是吗？"他手里只剩下之前攒起来买车的钱，他终于要拥有自己人生中的第一辆车了。"儿子，你还有钱吗？自己过日子有没有问题？"母亲问他。他说："对，我手里还有钱。"但实际上，他现在除了桑蒂西莫那个破房子的棚顶以外，其他一无所有。

桑蒂西莫怎么样？我从来没去过，名字还挺好听的，护人免受灾难的圣城，但是却没保佑你啊。

在桑蒂西莫外面有山丘和丛林，在市内有各种商场，生意都很兴隆，好像是一夜之间繁荣起来的。还有一个不错的巴士总站，都很现代，对吧？每辆公共汽车从那里出发前往其他州，其他一些完全不一样的地方。一切都是电动的，懂吗？一切都会自动运行。其他的那些建筑也都不算老旧，还有一些正在翻新，旧的房子正在被拆除，山丘上也在架新的电视天线。都是些很漂亮的瓦片房，但是一些极个别的房子是永远不会被拆除的，他就碰见过一栋这样的房子，上面写着 1910 年建造，这是绝不可能被拆除的，房子的构架相当古老且结实，清楚了吗？想当初水泥几乎都不要钱，取自山上的石块，但现如今一包水泥要五百个克鲁塞罗。盖小房子的那片地里还坐落着其他一些更加朴素的小屋子，几年前他父亲离开乡下去码头做装卸工人，因为农场那里没什么活可干。通过分期支付买了块儿地，跟儿子建了一栋房子，里面只有一个房间、一个厨房、一个卫生间，还有个不知道干什么用的小屋子。由于父亲想回乡下，母亲和他一直住在那面。为什么那座圣城不保护他呢？

如果晚上下雨，屋顶会漏雨吗？

他还剩这栋房子，但如果母亲还要再动手术，唯一可以卖的就是那栋小房子了。如果她需要钱，他不可能说不卖，对吧？

你为什么不喜欢被从对面窥探？为什么每天晚上你都去奥尔加她家吃饭？他们总在你背后喊你乡巴佬儿，为什么还让你去她家？

今天是周五，晚上农场那边可能会有舞会。他迟到了，因为他从歌莉娅家离开后去了她的一个朋友的家，然后又返回到歌莉娅家。他在歌莉娅家里，在那栋房子里，畅通无阻，就如他所说，备受关照，很受重视。在那儿，她通常会一直缠着他不让他离开直到很晚。有天晚上，他好不容易溜出来和罗杰去了农场的舞会，就好像刚发生的事儿似的。罗杰也有个女朋友，他女朋友的家离歌莉娅家很近。两个人约好了时间一起去跳舞，一个先到的，很准时；待在那里等对方，两个人都是骑着自行车来的，但路很黑，因为没有路灯。当他们骑到一半的时候，穿着白色衣服的他借着自行车的惯性飞速向前冲去，突然间在道路中间蹿出一头牛来。“我的老天爷，救命啊！救救我！”他没能及时刹住车，从牛身上轧了过去，而另一个人则直接跟牛撞到了一起，还撞坏了自行车的把手。他妈的，简直让人难以置信，他们随后把自行车藏到了灌木丛的后面。罗杰坐在他自行车的前杠上，他们继续赶往舞会，但是他们一身泥泞，不仅额头摔伤了，身上四处还有擦伤，胳膊肘还有胳膊上，对吧？但是除此之外，舞会还是很棒的，有手风琴音乐，还有很多吃的可以填饱肚子。在那不久之后，罗杰就因为掀开蛇洞而死掉了。但是当时那个时候，那天晚上，她们都很担心，因为另一个人在农场也有个备胎女友。他摸黑来到了舞池边缘，看了看，阿苏赛娜正斜靠在一株波罗蜜上，显得有些忧郁。他突然从她后面出现抱住了她，按住一顿狂亲，就好像炸弹在她的脑子中炸开了一样，“嘭”的一声。她说：“我的老天爷，你可真慢！都已经上了几扎啤酒了，还有蛋糕，还有什么别的我不知道的东西，可能是烤肉吧。”他说：“无所谓，我知道我为什么而来的，有好东西等着我呢。”一边说着一边拍了拍她那肥嫩的屁股，懂吗？而她却还在生气，他说：“分啤酒的时候你都没想着给我留点，连块蛋糕也没留给我，看来你得给我点东西做补偿，懂吗？”我[1]就是为这而来的，不是什么他妈的啤酒也不是什么鬼扯的蛋糕，懂不懂？她随即说道：“你个混蛋，真是不要脸！”接着她又抱怨了一会儿，还扯了一些别的，不一会儿之后两人重新腻歪在一起，便一道去跳舞了，跳了桑巴[2]、波莱罗[3]、华尔兹[4]，清楚了吗？放了很多她喜欢的音乐，但是那些曲子的名字他是一点儿都不记得的，真的就没有一首曲子的名字是他能想起来的。阿苏赛娜还喜欢罗伯托·卡洛斯，从他出道起就喜欢他。他倒是记得那个人的一首曲子，好像说的是树叶凋零而后重生之类的。那首歌歌莉娅也很喜欢，这两个女孩都喜欢罗伯托·卡洛斯，非常崇拜他。他来过两次镇子，给舞台驻唱。简直是世界末日，她们俩都来听了，他没能跟其中的任何一个人说上话，他过去先亲一口其中一个，然后又亲了另一个。一整个晚上一直到结束，他都在舞池里窜来窜去。和往常一样，他把歌莉娅先送回了家，然后返回了农场来找

---

① 此处再次使用第一人称。

② 葡萄牙语 Samba，是源于巴西巴伊亚的一种舞蹈类型。桑巴原是一种带有宗教仪式性的非洲土著舞蹈，在16—18世纪，葡萄牙人将非洲的黑奴贩卖到巴西，与当地的文化进行融合，演变至今，现已为巴西国家认同的文化符号。

③ 西班牙语 Bolero，是一种起源于古巴的音乐流派，于2021年被宣布为人类非物质文化遗产。

④ 西班牙语 Vals，在19世纪民主社会中，贝多芬、舒伯特、勃拉姆斯等维也纳作曲家，为适应一般群众较通俗品位而形成的“轻音乐”。

阿苏赛娜。他陪她往家走，走的是以前那条老路，就是上次和那个男孩骑自行车撞上了公牛，而后将车藏在那儿的那条路。罗杰，后来死了的那个。

你总是能想起罗杰吗？

并不是这样的，他好一阵子没想起罗杰了。如果说谁死了，人们便会把他忘记，没人再能想起来。他和阿苏赛娜走在那条通往农场的路上，不是罗杰陪着阿苏赛娜走，尽管那时候他还活着，但那是他，约瑟玛，大家都不记得他了吗？他现在还活着，约瑟玛，所有人都还记得他，不是吗？他们一路上走走停停，时不时地休息一下，多么惬意的生活啊。他不是跟其中一个在一起就是跟另一个在一起，除此之外他还有别的女人，他总是不缺女人，貌似这样：他就像这儿的地方官，在镇上的银行里存满了金子。但是事实并不是这样的，都是那些女人主动来找的他，那些女孩穿金戴银，开着豪车。那些有爹的孩子也没能得到他所拥有的东西，那些有钱人家的孩子，知道吗？家里百万资产的人都跑来问他："哎呀，约瑟玛！怎么做才能像你这样有这么多的女人啊？我们都没有人搭理。"他说："去他妈的，别问我这个，我也不知道怎么办，这他妈的都是天生的，难道还想我给你们上一课不成？"他所做的无非就是嘲笑他们，同时又答应他们一定让他们开开眼见识一下，但这不是一教就会的，懂吗？

……

对他来说那是一段很美好的时光，而他现在则需要解决眼下棘手的问题，他想今年把所有的问题都解决掉，然后稍微过几天快乐的日子，因为最近过的那真不叫日子。他妈的，工作上的问题先放一边，主要是母亲还身患重病，真够让人糟心的。他甚至都没有时间、没办法忘却这一切，然后腾出片刻来全身心地享受性爱，懂吗？一个男人若想要享受性带来的愉悦，是需要将生活中的一切抛诸脑后的，知道吗？不如这样想：他不欠谁的钱，跟别人也没什么矛盾。这样其实已经很好了，但问题在于，如果一两天不干活，可能会让人有点难受，但其实还好。所以说，他没必要再伤脑筋了，对吧？不是说没了那个老太婆不行，他只是不想一个人在那个家里孤独地生活而已。

……

有的时候歌莉娅也不会想他，很长时间都不会。应该是她在睡觉的时候吧。但愿她能好好休息，做个好梦。但当她醒来的时候，又会记得起他了，不是吗？因为她总是活力满满，很健康强壮的样子，对吧？看她那头金色的头发。她怎么可能生病，也不可能神经不好。她的家人可不是那样的。上个夏天，天气特别的热，热到让人窒息，他和玛丽亚·达·歌莉娅是在芒果树下度过的。她穿着短裤，短得几乎遮不住什么，半个屁股蛋子都露在外面，他的脑子瞬间凝固住了，他不能一直盯着，否则整个人都会疯掉，懂吗？于是，他靠在树上，跟她聊了几个小时，他爬到了树枝上，她也爬了上去，她甚至爬到了最上面去摘芒果，他就那样一直盯着她的屁股看，就是这些暧昧的小把戏罢了。他在外面还有别的女人，可以给他想要的一切。但歌莉娅不一样，他们已经走到了最后的阶段。他也在准备着要离开小镇的事，他还记得后来几次他们出去约会，她就已经和以前不太一样了，变得焦躁不安、失去了掌控，和以前的她完全不一样。她开始预感到某种不祥，预估着即将要发生的事情。所以，也是从那一刻起，他就已经感到有什么糟糕的事情可能要发生。于是，他突然抽身而退，就像水滴溅落在灼热的炭火上一样。但他并没有直接离开，他所做的便是小火慢炖，耐心地炖煮着她，直到把她彻底煮熟，好让自己能够全身而退。

……

他是怎么准备的呢？是这样的：那时候他们每天都会见面，那是他们之间确定得不能再确定的承诺了。一般是晚上八点到十一点十二点的样子。于是，他开始一周就见两次，周末待的时间更短，他在一点点减少他们相处的时间。他对她说："明天还这个时间见。"但是到了约定的时间，他还没出现，要晚个一小时或者两到三小时的样子。离开的时候也比以往要早。距离他离开村子的时间越来越近了，她必须得在他走之前给他他想要的。

……

她对他说："昨晚你没来，今天上午我一气之下没给那些花草浇水，都是因为你；等着瞧吧，花园很快会枯萎得不成样子。"在那里有大米节，在初冬的时候，会有成千上万的人聚集在那个镇子里，不是吗？在过节的那几天，有三个人会出现在那里，歌莉娅、阿苏赛娜还有一位曾经跟他好过的老师。没算歌莉娅的朋友，这样的话，四个女人在这个小村子里找他。所以，他不得不藏起来，有的时候会去酒吧，在那儿打打台球。他几小时几小时地躲在酒吧打台球，她在外面四处奔走寻找他。他给一个朋友打电话说："我们来比一下台球吧，我们来打个比赛，我这边有什么什么问题之类的。"他一直待在那里，玩了好几个小时。大概晚上八点还是九点再不就是十点的时候，大米节的狂欢还在继续，对吧？歌莉娅，她可是很聪明的，挨个酒吧找他。他能去哪儿呢？因为每当她问起，他都会说"我在打台球"之类的这种话。她大约在晚上十点半的时候在那里找到了他。她看见他在里面，她让他在酒吧里给她打个电话。而他却在那儿对她说："不行，因为我现在正在打一场押了钱的比赛，我现在没时间去找你，懂吗？你最好还是跟你妈妈去散散步，溜达一下，自己找找乐子。等会儿我再找你，再见。”她没有听进去他说的话，在附近溜达了一会儿，他还是没有出来，她便直接进去找他了。她进到了酒吧的最里面：“啊，你是为了躲那些在这附近溜达的女人藏到了这里啊！我知道有一堆不要脸的婊子，四处在说些我听不懂的话，如果我说我是你的女朋友，她们会来打我的，就这些东西。”他说：“她们不会打你的，没这回事儿，你又不是傻子，明白吗？你们大家都是朋友啊。”后来他结束了比赛，和她一道出了门。但问题是，她真正的意图是想让街上其他的女人看见他和她在一起，明白了吗？他心里骂道：“他妈的，这样可不行。因为其他的女的一旦看到，便会再也不理我了，我会因此而失去所有的女人。难道我要为了一个女人放弃所有吗？”所以他挣扎着想赶紧将她送回家。他告诉她：“哎呀，宝贝，我现在不太舒服，我得走了，我们直接回家吧，好吗？”她回答：“好吧。”但随后她又不想从酒吧门口离开。他抓着她的胳膊对她说：“我们赶紧走。”他们去了她家，一路上她都很严肃，她知道他在躲着她。这时，通常她的母亲都会走到厅里，然后说：“你们今天聊得可真久啊。”因为他们平时不会说很多话的，不是吗？他们只会腻歪在一起，亲吻、抚摸，一个人用一只手轻轻地揉摸着对方，通常是零交流，只会用手来到处解决问题，或者说用胳膊，反正就是那些事，懂了吗？比如舌头交缠得程度令人难以想象，几乎伸进喉咙里。如果说一个女人很会接吻的话，她会给男人来一个深深的舌吻，把舌头整个送进去，令男人心花怒放的，半疯半癫，或者说醉生梦死。

……

阿苏赛娜能去哪儿呢？他或许会希望她一切都好，要么单身要么已婚，随便什么样子，但是只要幸福就好，就像她以前和他在一起时一样。在他离开镇子之前，在这么多时间流走之前，在他的母亲生病之前，在这些油腻的盘子堵塞了厨房水槽之前，在他的这两个玛丽亚·达·歌莉娅从未见过的儿子出世之前。

你的那两个孩子在哪儿？

她居然信了他的谎言，这是他一直想跟她开的玩笑，想看看她会不会相信，一方面也可以帮助她缓解疾病带来的痛苦。有一天，歌莉娅看见一个四岁的小男孩，或者是一个六岁的，两个人长得一摸一样，跟他很像。这能让她再多等一段时间，缓解她的相思之苦，直至再次见到他本人。

真的吗？

四岁那个是最调皮的，另一个六岁。

母亲是谁？

他自己并没有主动要一个孩子，在桑蒂西莫有个女人给他生了一个孩子。他特别喜欢那个小孩，明白吗？甚至可以说两个，他不只有一个儿子。这个儿子是一个女人生的，另一个是跟其他女人的。

他们跟你很像吗？

不太像，那两个小孩很调皮，经常说胡话，但是他不跟他们住在一起，不是吗？他们各住各的，没什么联系。但是却经常一起出来散步，这没有什么问题。但他们还是长得很像的。虽说母亲不一样，但都像他。他很爱那两个小孩，发自内心地爱着他们。他不能给予孩子们全部支持，因而感到抱歉。因此，他总是四处说生活真他妈的复杂。

他们喜欢你吗？

孩子们管他叫爸爸。也不是啦，两个孩子现在没有继父，家里也没什么别的男人。是这样的：但凡与他有过关系的女人，都对他怀有深深的感情，并会一直抱着一丝期待，等着他回来。但他从不回头。或者说他出现，但又会消失。

她们会一直等你吗？

他是这么想的：他想让孩子们成为足球运动员，懂吗？如果孩子们不学习，也不干其他什么别的，他会倾尽所能帮助他的儿子们成为足球运动员，为此他花了很多钱。但是在他们长大之前，谁能忍受得了他们的学费？非常高昂，不是吗？所以说，如果可以的话，他早就支付私立[1]学校的费用了，但是他做不到，让他怎么负担这笔钱啊？钱包里一个子儿都没有，他连给孩子们买衣服的钱都没有。但他会给最小的那个支付私立学校的学费。他非常爱他们，从孩子们出生

---

① 拉美的基础教育和高等教育分为公立和私立。公立为政府资助，不需要另缴学费，私立学校学费需要个人承担。因此，拉美的社会等级也通过基础教育进行划分。一站式基础教育包含幼儿园、小学和中学，学生中途不需要更换学校。人们会通过询问对方的基础教育机构，来揣测个人及其家庭的社会经济地位。此外，还可以通过询问住址，来对对方的社会阶层进行初步的判断。值得一提的是，拉美的私立小学并不是家长有能力缴纳高额的学费就可以注册学习，部分顶尖的私立学校需要有社会关系为基础的推荐及家庭面试才会考虑是否录取该学生。出于招生人数考虑，该面试及家庭背调则需要提前 1-3 年的时间进行申请和沟通。可以说，稍微有点经济能力的家庭都会选择让孩子就读私立小学，无论是从未来潜在的社交圈层，还是师资、教学设施、环境等方面的考虑。而高等教育因受各学校间的专业开设限制，导致生源丰富从而弱化群体间的社会阶级差异，因此拉美人一般不会通过大学院校来定义对方的社会经济地位，但会以此来衡量彼此是否同属同一社交圈层，以及这背后隐含的消费习惯、价值观以及是否有共同的朋友等涉及的社会和文化资本问题。一定程度上可以说，拉美教育卷的是家庭资源而非考试成绩，这也导致了私立学校里学生间更多的是互助意识而非竞争意识。但这种固化并不意味着社会不存在上下阶层的流动，上大学仍是跨越阶级，谋求美好生活的一种切实可行的途径。

到现在眼睛就没有从他们的身上离开过。每个父亲都会希望自己的孩子拥有世上最美好的一切，希望他们成为受到良好教育的人，充满爱心的人，懂吗？就是这样的。他们一看到他和母亲从远处走来，就会跑过去抓住他，亲吻他。“啊，快看，我爸爸在那儿！”就那些事。“我要过去亲他一下！”他们跑过去，拥抱他，亲吻他，然后他们接着散步，最后离开，没有任何问题。他们住的地方距离他家特别远，因为桑蒂西莫是个很大的镇子。有的时候他们也会出现在他家里，这没什么奇怪的。她有的时候也会在那儿现身，他不跟她出门闲逛，懂吗？只是互相聊聊天，交换一下意见和想法。唯一的问题是他们不再是那层关系。

那两个孩子不是有两个母亲吗？

他从来没跟她同居过。他本来是要去看她的，他们会一起从那里出来。她是市内一所学校的老师，以前还有辆自己的车，在那里四处转悠，会打电话喊他出来约会，反正就是那样，他也会赴约。“你想去哪儿都行，我没问题。”她找他去海边。他点了虾来吃，由她来付账，然后他们在回去的路上，他会在车里跟她做爱，有意思最重要，还能糟糕到什么程度？

……

另一个女人也是一样的。这两个人很像，甚至她们彼此还是朋友。是其中一个把他介绍给了另一个。结果，另一个女人对他也有了感觉，自此之后他便和两个人开始同时交往。这次跟一个人出去，下次跟另一个人。她们两个都不知道彼此的存在，而他却在脚踏两条船。两个人都是老师。就这样他们一直约会，直到后来搞大了肚子。但她们俩都知道该如何处理，没有任何问题，事情就是这样的。于是两个小朋友诞生了。他有的时候会把孩子们的照片放在钱包里。两个小男孩，长得跟他们的父亲一模一样。他有一张孩子们生日时候的照片，那一天他总是会参加。不久之前是他的生日。这一年可太糟糕了，他什么都没收到，他妈的，他到现在还心怀期待，希望哪儿能掉个馅饼下来。他最不愿意看到的，就是孩子们结婚。二十年后的世界谁知道会变成什么样子？还是一个人过吧，省得添麻烦。

……

他知道他需要等，总有一天玛丽亚·达·歌莉娅会给他想要的。在交往开始的第十五天，他便开始对她上下其手："你什么时候能让我尝尝？"她不明白："我还是个小姑娘，没满十三岁呢。"但是他开始斩断她的顾虑和矜持。

……

他们交往一年多了，有天她突然放声大哭起来。他对她说："我们分手吧，因为我发现你根本不能给我想要的自由，比如让我用手抚摸你可爱的身体。"她呆呆地看着他，他突然对她说："快看，别错过那条变色龙，你看它是怎么爬上墙的！爬得真快！这条变色龙真好看啊！"于是她转过身去看，而他趁机从后面抱住她，把手伸到了她两腿间那柔软而隐秘的地方。她吓了一跳："你在干吗？不可以这样……"紧接着他开始啃咬、亲吻、吮吸，用手指在那个巢穴里忙活着。啪啪啪的声音传了出来，像上螺母一样，一下接着另一下地按压着。从那时候起之后的四五个月里，他都是一直用手触碰着她的下面，弄平上面的毛发，突然有一天他抓住她的手，放到了自己的上面。她轻轻碰了一下，很快地抽了出来。日子就这样一天天过去，他的手也没闲着，用手指在那里忙活着，不是吗？他试探着抓着她的手放在该放的地方，只为了让她早日习惯，好在之后的日子里能够自然而然地做这些动作，而不是把手抽出来。

我自己把手放上去的？

不是，他抓着她的手，把手放在上面。他对她说道："就在那儿，在你学会之前，不要把你那漂亮的手抽出来。"直到她后来越来越适应，每天他都会让她的手在上面多放一段时间。有一次放了十分钟，还有一次，十五分钟，再后来她能那样抚摸他一个小时、两个、三个、四个，懂吗？就这样足以让她想要得发疯，每次他们相处的时候，他都会如此地抚摸她，对他她也照做，直到让她感觉到欢愉，让她的蜜液沾满他的手指。有的时候，他必须要小心一些，因为她总是心急火燎的，这会导致她的指甲扎到他。也就止步于手指，没别的了，手指跟那个还是不一样的，手指能带来快乐，但是那个可以填饱她，让她感到满足。又这样过了一段时间，直到她已经离不开这种触碰了。那时候，他对她说道："现在只缺一样东西。"她回答他说自己不知道该怎么弄。他说她既可以在上面也可以在下面，随她的意，他都可以。而她却说："但那会很疼的。"他说道："他妈的，疼个屁！是女的都做过，没见谁喊疼的。"她说："混蛋，没那么简单的！"他一句，她一句。他又说道："行吧，总有一天你会同意的。"她慢慢转变了态度，后来的一天她对他说道："我觉得我可以，我想我们在哪天哪个时间，全都试试。"但是真到了那天，她又不干了，她不同意。从那之后，他从她家里消失了三天还是四天，好像是一个星期。留她自己在那里胡思乱想直至崩溃，她看不见他她会变得很焦躁，她离开家来到街上寻找他的身影，他四处躲着她，就是这些事儿。直到后来他自己又回来了，只去了一个周日，另一个周日没有去。当时那天是周日，他出现在她的家里，差不多是晚上八点的时候。当时，反正也没有任何问题，她过来说："哎，你不是消失了吗!”又说了些不知道什么东西的东西，然后她亲吻了他，就那些事。“你为什么这么多天都不来看我，你不想我吗?”他说:“没有啊，我很想你，但是因为你那天不想陪我玩游戏，就是那种事儿，你不同意我的提议。”就这样又过了几天，好像是一个月，平静且严肃，谁也没有提那件事。再后来，他又变了，又开始上下其手，又开始旧事重提:“到底什么时候行?我等着呢。”她试图岔开话题，试了一次又一次:“你就是在耍我，你在跟我玩非常危险的游戏，你一点都不喜欢我。”说了一堆类似的话。“你别这么冲动，早晚有一天我们会做的呀，我现在需要的是你的一个保证，我们以后会结婚的吧?”他说:“当然了，我们会结婚，我想结婚，我是真的爱你。”但她却坚持道:“那么这样的话，我们得先结婚。”也就是说，他只是应付她给她点希望而已，不是吗?“当然了，我们会很快结婚的，也许这个就有助于我们的婚姻，一切都会变得很快的。”他回复她说。她却回答:“不可能。”后来他们约定了一个时间，她出现了。是在农田里，在一个有很多树的特殊的地方，好像也不行，就在那里直接躺在地上。不行，她好歹也是个有头有脸的女孩，不能直接让她躺在地上。唉，他妈的，他又没有钱，还要偷偷摸摸的，也不能带她去酒店，啥也没有，他们只能回去，他想到了母亲的仓库，家后面的那间破屋子，他开始瞒着母亲偷偷摸摸地准备起一切，等着那天的到来。他对歌莉娅说：“在我家后面有个仓库，在那儿谁也看不见我们。”到了晚上，他开始收拾仓库，两个人商量了一下之后的计划，他弄到了一张床垫子，一张旧的床垫子，他对母亲喊道：“妈妈，您真应该赶紧扔了这张破垫子！”母亲回复他：“确实，那么我们看看是不是要买个新的然后把这个扔了。”他说：“您赶紧扔了吧，这不能用了，实在太旧了，上面都是洞。”她说：“我把它扔哪里呢，儿子？”“扔到老房子后面吗？”母亲一直都这样称呼那个仓库。“您放那儿就可以了，剩下的交给我，我会把它放到仓库的后面，您看可以吗？”再后来差不多晚上七点钟的时候，她正在那儿发呆呢，他突然跑进了仓库，架好了床。再早些时候，他还跑到他妹妹那里抢了一床被子。那天下午，他去了他妹妹家，拿走了被子，“你到底在干什么？”他说：“没什么，我就想把脸蒙起来吓唬人，这样没人能认出我来，我好报复一下之前让我丢脸的家伙。”妹妹说：“小心点吧，对方可能也有所防备，如果认不出你的话，可能会一枪崩了你的。”“不可能的，谁会打死我，你可真会开玩笑！”她把被子给了他：“有点旧了，我已经不用了。”所以是他去找的歌莉娅，两个人步行来的，还一起看了月亮和星星，现在不只是他喜欢，她也很喜欢。当两个人快到的时候，她突然想要回家，他气急败坏地威胁她：“他妈的，你要是敢走，我弄死你！”他已经告诉她的母亲他们要晚点回去，因为要和几个朋友去个什么地方之类的。“好的，我的女儿交给你了，但是还不能说是完全属于你的。你们出去转转可以，但这不意味着你们想干什么就能干什么，你们俩还没结婚。”她的母亲总是这样开玩笑般说这些东西。反正最后顺利出了门。歌莉娅从来没到过这里，她没见过这栋房子。他们是从仓库的后门进去的，因为另一扇门对着厨房的窗户，家里的哥哥弟弟他们也都知道她要来，不是吗？那些家伙私下商量着：“我们去那里偷听吧。”那些婊子养的小孩都跑来躲在外面偷听，他在此之前有告诉他们会听到前所未有的喘息声和杂音，因为这是歌莉娅的第一次，但是他很迅速地关上了门和窗。他们待在外面什么都听不见，太缺德了。他动作很快以免她后悔。一开始她感到很冷，就像阿苏赛娜第一次那样。因为疼止不住地哭，身子不住地颤抖，随即起了一身的鸡皮疙瘩。当寒冷加剧，她浑身发抖，脸色苍白，因为最后的快感正在向她一点点袭来，就像当初和阿苏赛娜一样，她呻吟着，边哭边发出压抑不住的声音：“啊，啊，我的天啊！我好爱你！”这份疼痛，疼得就像要死了一样。

你不是跟我说第一次是在旅馆吗？你撒谎了吗？还是说第一次发生在草垛上，在乡下田野那里？

不是，在旅馆的话，会被人看到进出的。不行，绝对不行。反正她很疼，疼得快昏死过去。然而，在疼痛与快感之间，她究竟会选择哪一个呢？那是一种超乎寻常的体验，在痛苦和愉悦之间，她最终还是选择继续那份快乐。

就算我很努力地回想那份痛苦，我也想不起来，我做不到。真的，我做不到。

可怜的歌莉娅，她的脑子出了问题。她总是臆想出来些东西，这些东西刺激她的大脑，让她很难受，让她忍不住放声喊叫，但是跟那天不一样，那天她大喊大叫是因为他弄得她很疼，她疼得快晕过去了。

在你走了之后，我竟然想再次感受那种疼痛，只为了记住它。还是说，难道我从来就没经历过吗？

她的母亲告诉他，歌莉娅有一天将指甲深深地嵌进自己的胸口，正对着心脏，直到鲜血渗出，因为她想要感受那份痛苦。后来她的母亲立刻跑过去抓起剪刀，剪了她的指甲。她从来没这样用指甲伤害过自己，最开始当她很想念他的时候，她会时常用指甲抓墙，仿佛那面墙就是他。

第二部

第七章

你要发誓，你跟我说的都是真的。

他会把所有的真相都告诉歌莉娅，从她生病之前发生的一切到生病之后的事情。

请你用你母亲的性命起誓。

对歌莉娅来说，能知道所有的真相是非常好的一件事，如果他能以一种好一点的方式告诉她所有的事，毫无疑问这会让她好受一些。他发誓会告诉她所有的真相，他用他神圣母亲的名义起誓。今天是星期六的下午，他在兜里面装了一大把的克鲁塞罗，足够支付周一的公交车费，还能顺带买上一包香烟。至于他银行的账户里，除了出众的品德，他一无所有，但这就够了，管他的。他儿子的母亲今早对他说，他是一个言而无信的男人。这个婊子还指责他说，他从未直面过生活的真相。“约瑟玛，说实话，尽管真相有的时候很让人痛苦，但是您确实应该直面它，如果不这样，还算什么男人？就是一坨屎！什么样的男人害怕真相？要成为真正的男人，可不是仅有那两颗蛋就够了。”她像是被怒火蒙蔽了理智般激愤狂喷，因为他们在街上偶遇，但他却一分钱都拿不出来。

你会对我说真话的。我相信你。

用他母亲的性命起誓，他保证。他是个男人，他什么都不怕，如果在生活中哪一次他犯了错，他会祈求原谅，下一次一切都会顺利，不是吗？

我听着呢。

据她的母亲说，玛丽亚·达·歌莉娅自始至终都在等他，哪怕他在很远的地方，不是吗？“我的女儿对我说，每次她都能看到你抱着满满一大束玫瑰花到这儿来。”

不是，我对于我自己身上发生了什么不关心，我只想知道你的事情。

一切都发生在周一的那天早上，当他离开镇子的时候，他不想在车上睡觉，以免错过窗外那些新鲜的景色，但是之后他又想不起来自己之前看到了什么，他满脑子都是昨天晚上的事儿，不是吗？想起跟歌莉娅说过的那些话，他对窗外沿路飘过的景色视而不见。他必须要换车才能前往巴乌鲁，边上停靠着三辆公共汽车，一辆是前往巴乌鲁，另一辆他不记得是去哪儿了，还有一辆会返回始发地。要是他乘坐这辆返程车，明天一早就能再次出现在科科塔，步行不到一小时就能到达农场，就像每天早上一样，他能赶在母亲出门前拥抱她。但他没有购买返程票的钱，因此他不能回去。在巴乌鲁，那些从技校毕业的电工会在电力公司进行招聘的时候进入企业就职。而且一直都是有工作机会的。公司将他分配到巴乌鲁大宿舍。“你会和其他两个人睡一间屋子。”人力资源的人告诉他。他以前在农场和他的另一个哥哥睡一张床，他的哥哥会横跨床的两端把脚放在他的鼻子下面，直到后来他长高了。再后来他和他的黑人兄弟一起睡，那个小黑人长得不高，还不到他的胳肢窝。他不想跟不认识的人共享一张床，如果那个家伙像他那个倒霉的哥哥一样，他就只能睡地板了，但还要盖被子呀，不是吗？在那个房间里有三张床，一人一张。另外两个人的家离那儿很近，虽然他们不能步行来上班，但每到周五晚上他们各自骑自行车回家。他的床和其他两个家伙的一样，都铺有两张床单。玛丽亚·达·歌莉娅要是见到他，会一直不停地跟他讲话的。但是一整个星期下来，每天晚上，他们三个回到宿舍倒头就睡。要是她真的在这儿的话，站在其他两个家伙面前，恐怕她也什么都不会说，更别说问问题了，不是吗？周五晚上，他得自己睡了，他还没自己一个人在房间里睡过。他先是去宿舍的食堂吃了晚饭，第二天早上有牛奶咖啡和面包，午饭他妈的相当丰盛，晚饭也还不错，但是那天晚上他一点都不饿。她的母亲后来告诉他，对于玛丽亚·达·歌莉娅来说，最难熬的就要数星期日的晚上了。周五晚上她还很开心，因为她要开始为他的到来做准备，如果他没来，她会等到星期六，如果他还是没来，她会等到星期日的晚上，然后在星期日的晚上她会忍不住哭起来，反正就那些事儿。有的时候她也不哭，就算没什么其他足以打击她的事情，她也会晕倒。但是对于他来说，最糟糕的就要数周五的晚上，如果玛丽亚·达·歌莉娅知道他那两个室友不在的话，要是她本人也在巴乌鲁，完全可以进来对他说她想说的话，反正没人会听见。但他现在能做的只有沉默不语，耳边传来宿舍老虎机的声音，好像有人在甩筹码。要是他还在科科塔的话，他应该还可以关心她一下，她是哪里疼，会让她疼到晕过去。那份疼痛是由内而外的，她应该跟他说过，因为他们两个感同身受，他不理解女人的那些东西，但是当女人们极度思念某个人的时候，她们心脏会疼。"我也会这样的。"他想必是说过类似的话，那种从内到外的痛苦。当没有人往宿舍老虎机的投币口里放硬币的时候，隐约能听到一点人们在远处酒吧打牌的声音，再之后就什么都没有了，死一般的寂静，连个鬼影都没有。当他上床睡觉时，他会开始胡思乱想，不是吗？当他脱掉衣服准备睡觉的时候，他总会把它们放在椅子上，然后自言自语道：“真羡慕你啊，我算是倒霉透了！这些衣服跟她以前喜欢的也太不一样了！”她以前总是让他穿点黑色的东西。他们在许多方面都很合拍，甚至喜欢相同的款式和颜色，不是吗？她非常喜欢黑色，钟情于黑色的衣服。

确实如此。

从那时起他便开始试图研究为什么她喜欢黑色的衣服。但是她不想告诉他。在一片寂静的房间里，他独自度过了周五的晚上，周六的上午、下午还有晚上，以及一整个周日。如果他愿意的话，他可以问她所有他现在记不起来的事情，那些属于他们两个人的回忆，因为另两个电工也听不到他们的对话，但是他却见不到她，因为她人在很远的地方。他手里只有她的照片，他会经常拿出来看看。随即闭上眼睛，看看是否不看照片也能记得起她的脸。有次，在电线杆上高压作业，在上面大概待了一个多小时，他一边神经紧绷着，等队友运来可以置换的螺母配件，一边试图回忆起她的脸和她母亲的脸。因为玛丽亚·达·歌莉娅跟她的母亲很像，跟她一样高。金发，蓝眼睛，身材匀称，还有什么？差不多中等身材，腿呢？非常漂亮，没有任何瘀青，或是割伤。她的身材真是万里挑一，就像模板一样，不是吗？他什么都记得，他妈的！她要是在那儿的话，他可能会问她自己看起来如何，把眼睛闭上不要看照片，看看她还记不记得。“我长什么样呢？他想问她这个问题。因为如果她不记得他了，可能会想到他是一个很丑的人，头发很硬，皮肤颜色黝黑，如果她在他家看见他的那群兄弟，可能会觉得他也是一样的人。有的时候他会忘记自己的容貌，但当他看向镜子中的自己，就记起来了。他父亲的眼睛也是栗色的。他正对着镜子看向自己，他每次都会直视前方。而他的父亲总是习惯性地斜眼看向侧面，永远都是往旁边瞟，偶尔直视前方，但并不总是这样，绝对不是的。然而每当他生气的时候，他会向上看，或是当他很紧张的时候，他会这样看向上面。所以，每当他抬头看时，便不再往两边瞟了，整个人变得非常不一样，脸涨得通红，甚至红到发紫，整个人非常紧张。中等的个子，坚硬的黑发，干净的牙齿，让人难以置信的是，到今天为止都没有一颗坏的。在巴乌鲁宿舍的房间里没有镜子，他快步从房间奔出，跑进厕所，实在是受不了那个房间了，他钻进厕所对着镜子刮胡子。母亲总是目视前方，她的眼神中毫无神秘之感，是一名忠诚女人朴实而谦逊的目光。

你别忘了你发誓要说实话，你这个该死的混蛋。对歌莉娅你什么都能讲，但对我就不行。我可太了解你了。

他通过对方的眼神还有说话的方式来识人，不是吗？他知道这个人什么时候说了真话什么时候说了假话，到底是在说事实还是在编造一个谎言，抑或是想用诡计来欺骗他。他母亲的眼神透出的是一道很健康且毫无背叛的目光。父亲则是一道来自叛徒的目光，是那种多次背叛的角色，眼神里充满了诡计，懂吗？但是玛丽亚·达·歌莉娅的目光则显得很积极，她向前看，向后看，向左看，向右看，她环顾四周，她是一个脑子很聪明的女孩，她知道该怎么说话，不是吗？她从不说脏话。奥尔加当时还是个小孩子，但是她总是斜眼瞟向旁边或者下面，抑或是他的裤裆。

很好，那我们从那儿开始说，你这个废物，你为什么喜欢去那个背地里笑话你的那户人家？你个乡巴佬儿。

他在奥尔加她家的那栋房子里能来去自如，每次和歌莉娅待上一会儿之后，他都会去那儿，他自己也不是个爱惹麻烦的人。奥尔加的父亲是镇上最大加油站的老板，他们家的房子算得上那儿数一数二漂亮的，就在玛丽亚·达·歌莉娅家的对面。但有一次，他们邀请他在家里喝啤酒，一杯接着一杯，他在那儿直接睡着了，直到到了母亲下班要回农场的时间。奥尔加的两个小兄弟过来找他玩，在他身上叠放了一堆高达屋顶的枕头。奥尔加看到后呵斥道："混蛋，你们会弄死这个男孩的！"说着又是惊叫又是担忧，两个小家伙飞速地跑了出去。而她却来到床边，在他的唇上轻轻一吻，他则假装还在睡觉。从那时起，两个人便玩了暧昧游戏，只要没有人看见他们，两个人便会在角落里紧紧地抱在一起，唇舌交缠，就是那些事，他们一直也没停下来，直到有天她对他说道："我很清楚，在我前面有歌莉娅和阿苏赛娜，因为她们都比我成熟，我还很小。"他说："那你他妈的想我们该怎么办？"奥尔加对他说："我们就这样偷偷摸摸的挺好，因为可能我的父母不会同意我们在一起的，绝对不会。无论如何，我说这句话不是为了我自己，因为我现在只有十二岁，但我喜欢你很久了。而且毫无疑问，我的父母对你一直很信任，你明白我说的吗？"但是他再也不想跟她偷偷见面了。

事实就是这个样子，胆小鬼，骗子。

为什么没有人相信他说的话？歌莉娅不想他离开村子，真是个狗娘养的！他还能做些什么？他连件衣服都没有！歌莉娅到底想要什么，让他去教堂跟她安安稳稳地结婚？跟他的父亲一起干活，可这一点儿用也没有，因为他什么都不会给他。除了管顿饭，再就没了。早餐、大米、水，就这些东西，再没有别的了。"在足球运动员、一个耕地的农民和医生之间，或者什么其他的行业中间进行选择，谁会是你最喜欢的结婚对象？科科塔那儿的足球运动员赚得可不多，五个克鲁塞罗，十个克鲁塞罗，根本不够生活。"他对她说。紧接着他突然激动起来："他妈的，这是想要找个百万富翁啊！”她说：“我希望你是个建筑师或者电工。”于是，他才转而思考这两件事，首先他进入了电力领域，再后来接触了民用建筑。他每天早上都要在村里的学校念书，在农场他干不了多少活，父亲没说他什么，但是母亲告诉他，父亲说了他没怎么干活。他每天早上凌晨五点就要把牛都赶到牛场那边去挤奶，然后还要割甘蔗，休息一会儿之后，八点钟他要去学校上学。但他不会放学之后去农场帮忙，因为每天晚上他都会被邀请到奥尔加家里吃晚饭，然后他去找玛丽亚·达·歌莉娅待上一会儿聊聊天，傍晚时分再和母亲回农场。母亲对他说：“作为一个好儿子，下课之后要赶紧回农场，因为需要耕地、播种，还要照顾植物。”

她最后成功了，成功让你们分开了。那个老婊子真是把你折磨得够惨。

没有啊，那个贱人胡说八道！谁都别搭理她，她今天气得发疯，因为他今天一分钱都没能给她带回来。

您是谁？我在跟一个混蛋说话，跟约瑟玛，不是跟您，我不认识您。

您不认识我？我就住在这儿，巴乌鲁。

我从来没去过那个肮脏的小镇，我不知道您是谁，您不要再打扰我了。

在巴乌鲁这儿所有人都认识我，他们看见我经过会跟我打招呼，您好！早上好！

我不跟陌生人说话。

但在巴乌鲁这儿我不会待很久，因为我只是过来买车，然后我就走了。

约瑟玛已经不在巴乌鲁了，但是您却在这儿。约瑟玛那个混蛋跟我说，巴乌鲁太远了，他脑子里想的只有回家。

我不是什么混蛋。

但是他是。比较幸运的是，桑蒂西莫那儿的乡里乡亲会把收音机放得很大声，这样他还能听到音乐，那个可怜的倒霉蛋！因为他的收音机已经没有电池了。

我住在巴乌鲁，他妈的，一个完全不了解的地方。我跟宿舍的负责人说，老虎机的声音太扰民了，听起来像他妈婊子的声音。

在巴乌鲁没有朋友，他简直要崩溃，不是吗？但是对您来说还是不错的，因为您不是个混球。

我……？

对的，所以说您才能一直待在巴乌鲁，而那个狗娘养的混蛋在桑蒂西莫。如果说您不想成为那个狗娘养的混球，您就应该一直待在巴乌鲁。

不！我想回家，我妈妈会给我做吃的，哪怕就算是一碗什么都没有的玉米面糊也好。我不介意贫穷，我们头上有屋顶，脚下有食物。

您就待在巴乌鲁吧，您现在无处可去，也没有吃的，您家的那位老人因为生病去了别的地方。

但是为什么您要这样跟我说话呢？您不记得我是谁了吗？您不记得我的脸了吗？到底怎么了？真的没有人记得了吗？

是谁留在了那儿？留在巴乌鲁的那个家伙不是那儿的本地人，一个外乡人会有那种浑身冰凉的感觉，感到绝望，不是吗？但除此之外再没别的了，不！镜子在哪里？他不知道。但他需要刮胡子！只能用一块公共的肥皂，因为已经没有刮胡子用的乳膏了，用完了，他妈的！但是最重要的是慢慢地用剃须刀刮就好，有什么可着急的，不是吗？有一天他跟那个家伙进行了对话："该死的！我身上发生了以下这些事情：我是个外乡人，我不是巴乌鲁这儿的人，我是从别的镇子过来的。"以及类似这种滔滔不绝的废话。是他自己策划了一切，不是吗？他跑去那儿看比赛，踢得糟透了，恶心至极，不是吗？他觉得差得不能再差了。他想到，如果有一天他有机会的话，他会去跟训练足球队的教练说："我是塞斯帕的新员工，刚刚入职，我在巴乌鲁这儿负责涡轮发动机。我想恭敬地向您和您的足球队，也叫巴乌鲁的这支队，一一问好，并希望能和您聊上几句。如果可以的话，我很想加入你们的球队进行训练。"对方告诉他："可以的，既然您已经说了您的打算，那么大门是敞开的；您看，年轻人，这儿的训练是每周三、周四，下午三点，您的工作能请到假吗？"他回复道："没问题，我能请到假，如果您想早点，也是可以的。"对方随即说道："您四点过来吧。"然后，他问他到底擅长哪个位置。"我是左边锋，也能踢中场，我踢得特别棒，先生您会在训练当中看到我出色的表现，我来自某某镇。”于是对方告诉他：“我不会跟您承诺什么的，但是我会让您跟那边那个家伙过过招，就是出现在上次比赛中的那位，您看到了吗？”他说：“看见了。”此时教练说道：“你们两个之间的问题是这样的，取决于你的能力和你对于足球的判断力，这些都会体现到你在那个位置上的表现，对抗某某球队，然后表现不佳的那个人去替补席。”他说：“好的。”他满心期待周三的到来，加入到训练当中，因为他现在自己一个人坐在场外的草垫子上面望着球场。但随后他就出现在了足球场上，不是吗？他到了之后，所有人都很喜欢他，对吧？整个球场都挤满了人，座无虚席，壮观极了。就在那一刻，他像个疯子似的低声自言自语：“没问题。”

像疯子一样自言自语。

于是，周三下午三点，便成了他训练的时间。不对，他两点四十五就已经在那儿了，喝了点冷饮。教练在那儿给球队的朋友们介绍他，他们都是一个队的。那个家伙把他介绍给了所有人，向他展示了一切，说道：“这位就是我们球队的新王牌。”但是他让他们觉得什么来着？他让他们觉得被骗了一样。“我前几个月在另一个城市看见他踢足球，这个家伙真的太厉害了，让人无话可说，足球一直在他的脚下。”所有人都在给他传球。于是乎，人们很期待见到他的身影，四处张贴海报，把它们贴到了村镇的大街小巷，做了很多的宣传：周三三点十分，将会有球队训练赛，参训的球员有谁谁谁，还有这位年轻的小伙子。他的名字出现在最后。“这位才是我们的希望！我们球队冉冉升起的新星，将会在周日首次亮相赛场。”在那里所有人的嘴里都在念叨着，约瑟玛·费雷拉，出生在什么什么村子里的一个多少岁的小男孩。他妈的人流如潮水般冲进了训练场，这狗娘养的人啊，这么多的人，观看训练比赛是要收取门票的，很贵，要五个克鲁塞罗。那时教练意识到了：“这位厉害的小伙子将会给我们的球队带来一笔不菲的收入。”尽管他还不知道这位新人会如何踢足球，他一点儿也不清楚。当所有穿着制服打比赛的人从地下通道出来的时候，那个厉害的小伙子，那位球队的新星出现了，约瑟玛·费雷拉！约瑟玛·费雷拉！此时所有人都在问：“哪个家伙？”“是那个，是那个男的。”一切都很顺利。在第一场训练赛上，他表现出色，他感觉他好像打进了无数粒进球，很可惜他不记得是多少了，但确实踢进了很多粒球，那场比赛他的表现超乎想象，比那位去替补席的要好十倍。那时，教练宣布了一项新的计划：“周五在镇子上，或者说就在这儿，晚上九、十点会有一场训练赛，我们球队最厉害的队员会参加。”该死的，就在那时，人群变得更多了，人们交头接耳，互相议论。有些人在问别人，那些没有时间阅读公告的人，那些不识字的人，人们口耳相传，诸如此类的情况，关键是足球场上已经人满为患了。星期日的运动场人山人海。

那天的比赛要对抗的是马托格罗索[①]的克鲁塞罗队。那天轮到他出现在球场上的时候，他已经和球迷们打完了招呼。现场有很多漂亮的异性，美丽的女人，还有些男人的女儿。他在心里告诉自己："你今天会表现得非常出色，如果你能像之前那两场训练赛一样打进几粒进球的话……那将会是前所未有的胜利。"他对教练说："教练您看，我答应过您不会让您失望的，我今天也不会让您失望，更不会轮到像那样的球迷愤恨到想要勒死我，我将会成为这个地方的新偶像，我会打一场更高级的比赛，我没有答应您一定会打进多少粒进球，因为我的那个位置不怎么好，但是我会尽我所能去努力的。"十分钟之后比赛开始了，赛场上有个家伙不知道该怎么办，但是有人对他说让他把球再次传给他，大家把球传回给他，他带球跑了半个场地，球进了。

……

他妈的！就因为这个进球，人们翻过了事先围好的看台，涌入了场地，因此更多人进入了赛场，整个球场塞满了观众。那时候的球场是为了容纳两千名观众建造的，最后有一万多名观众挤进了赛场，结果有一部分人群发生了踩踏，

① 葡萄牙语 Mato Grosso，巴西西部的一个州名，为巴西第三大州。该州西部主要为泛滥平原，世界上最大的热带牧场之一。是世界上仅存的大片未开发的地区之一。

不是吗？大家都摔倒了，有人受了伤，但就算是这样，大家也都不回家，没有一个离去的！有人忙着处理伤者，每个人都在尽全力做些力所能及的事情，时间一点点过去，当前三十五分钟过去时，他跑到了球场的中央，因为中锋动作非常笨拙，踢得极差，也不传球。他在本队中锋脚下接过球，左右躲闪冲破了对方完整的防线，把球踢进了球门。狗娘养的混蛋！他真他妈的厉害。观众们沸腾了，大家看向宣传海报，欢呼起写在上面的他的名字，约瑟玛！约瑟玛！我们至高无上的荣耀，万岁！太不可思议了，时间就这样慢慢走过，从那时起，他的生活发生了翻天覆地的变化，他开始忘却发生在另一个地方的那些故事，玛丽亚·达·歌莉娅还有他的那些伙伴。他开始认识一些别的异性，不一样的女孩，一切都变了。他备受欢迎，大家都当他是自家的亲儿子一样。他在那里的三年相当顺利，还靠踢球赚到了点儿钱，不是吗？没错，他确实赚到了钱，真他妈的走运，俱乐部的老板有的时候会来看望他，给他二三百的克鲁塞罗，对吧？在那个时候可是一大笔钱，他会揣着一张纸币出门去喝一杯冰镇啤酒。如果有人陪他更好，但其实要是他自己去也很好，因为他不需要给他的朋友或者哪个迷上他的婊子买啤酒。所以说他没什么可在乎的，他是他们那儿最厉害的、闪闪发光的新星，全世界都匍匐在他的面前，不是吗？大家都在巴乌鲁打听他，所有人都记得他。

第八章

他有一阵子非常想吃炸土豆，今天这顿土豆至少是一公斤的量。周日很漫长，对于一个晚起的家伙来说，一切都来得及。他琢磨着："如果天气好点，我吃完炸土豆，下午再踢会儿球。"母亲给他留了半袋子土豆，一袋子大米，但袋子都不是很大，对吧？两个快要烂掉的西红柿，还有一些油。晚些时候，天空下起了雨，但丝毫不影响什么。他要把那些土豆全都吃掉，即便这些土豆光削皮就得两个小时。周四他没吃午饭，继续在那该死的工地上干活，那该死的厨房，还有那些破管子。他装模作样地对助手说："我没时间了，我就待在这儿。你去拿你的冷饮和那带糖的面包，休息一会吃点东西。"很有营养的午餐，对吧？他除了返程车票的钱再没有余钱了。周五发生了同样的事情，他搞错了预算，材料费上涨，而他又不小心打破了一根水管，所有的费用都算在他的头上，真他妈的倒霉。如果是那个黑人给他当助手一起干活的话，他不介意跟他讲实话。可对这个家伙，他什么都不会说。要是黑人兹尔玛[①]在这儿的话，他可能会分一些土豆请他一起吃，因为他过得还不如他。要是他现在把一切都吃光了，到了晚上他就没什么东西可吃了。他的母亲如果不在家的话，没有任何人会来拜访他，更别说现在还下着这么大的雨了，又有谁会注意到呢？这场雨下的，省得浇灌果树的根部了，但居然一个橙子也没有掉下来。任何人都会在发动机油箱空着的时候在里面待上一天或者两天，这不是什么丢人的事儿，今天如果有人敲门，他是不会开的。明天星期一，他会收到最后的百分之二十五的尾款。今天他要休息，太阳从那边出来了。虽然他有些感冒，但还是在泥球场[②]打了一场尽兴的比赛。如果黑人兄弟能来的话，他一定会给他开门，即便他总是给他带来坏消息。他不会给女人开门，谁来都不开。如果是他孩子们的母亲跑来使劲儿砸门的话，他会揍她一顿。黑人那个时候在巴乌鲁附近工作，有次他饥肠辘辘地来到巴乌鲁，说："我想跟你讲讲科科塔的事儿，我从那儿来的，路过这儿。"可他先问："你个该死的黑鬼，你这辈子饿得最惨的时候是哪一次？"黑仔说："多了去了，臭娘们。最糟糕的一次是我刚从军队离开的时候，

① 在第二章介绍过的男主人公的黑人兄弟，是其母亲收养的孤儿。

② 满是泥土的球场。

我那几个月的活还不错，可到了后来没活干了，而我又必须要付房租，但没有工作，我吃光了家里所有的食物。有时候能捞点零工，混口饭吃，但有一个星期什么活都没有。有一天我实在是饿得不行了，那是个周六。我当时已经起不来床了，臭婊子。好了，现在我跟你说些关于科科塔的事儿。”他对他说，最好先让他说说关于德乌莎[①]的事儿，那个女人想让他杀了她的丈夫。然而那个黑人并不想听，他开始给他讲述关于科科塔的故事。

你这个该死的黑鬼！谁放你进来的？

我不认识您，我是兹尔玛。

你很快就会想起来我是谁了，你这个肮脏下流的黑人！你那时饿了为什么不喝水呢？

先生，您别生气。我当时是喝了水的。玛格丽特也在，她也是个黑人。我问她有没有剩的面包，她给了我面包，还给我了一杯咖啡，他妈的！我就是这样才生病的。我以前很有力气，不是吗？只是从那以后我再也没有过那样的体

① 西班牙语 Deusa，男主人公修理房子的女房东。

魄了。

臭黑鬼，在乡下你有吃的，还能踢球，你都忘了吗？你也有活干，还能翻窗户，还跟那个黑人女孩特蕾莎鬼混。你他妈到底为了什么从乡里出来了？

因为我需要参军，先生。后来我就留在了那个倒霉的里约了。您是谁呢，先生？

你还没认出我来吗？

没有，先生，您没刮胡子，还没洗澡，闻起来又特别臭。您为了不让人看见您手里那袋子土豆，关门堵窗，里面黑漆漆的。

我有两公斤的土豆，我可饿不着，但是别的人不好说，你这个穷要饭的黑鬼。你是不是早就已经习惯饿着肚子去睡觉了。

是的，先生，您说得有道理。但是我没习惯饿着肚子去睡觉。如果今晚约瑟玛不分点东西给我吃，我就只能饿着肚子去睡了。我可能会睡了醒，醒了睡，睡不踏实，翻来覆去的。

您他妈的把嘴闭上吧！您去检查一下那扇门看看是否关严，还有窗户和锁头，确保今天没有其他人可以进来这里，包括那些倒霉的女人。

都关好了，先生。

你不吃饭的话，有力气睡你的那些女人吗？

倒是可以睡一个女人，只能一个，多了就不行了。哪怕想多睡一个也不行，而且女人必须得是喜欢的类型。如果不是，也做不到。

约瑟玛呢？他空着肚子的时候，是怎么应对那些女人的呢？

他跟我说他也一样，先生。吃饱喝足是一个状态，饿着肚子是另外一个状态；要是没有力气，就会倒在女人的身上，啪——啪——啪，两分钟他就结束了。因为如果一个人太虚弱，是控制不了的。如果一个人很用力的话，他的肺会很不舒服。如果不吃饭，连续两三天都睡女人，肺是会出问题的。不吃饭也会容易出汗，光是想想也会这样。

黑鬼，不需要当一个狗屎懦夫，想说什么就说什么。

没问题，让我来告诉您，先生。如果一个人身体没有准备好，是万万不行的。我有一次吃坏了肚子，紧接着去干活，后来又吃坏了，您明白吗？我没有吃午饭，也没有吃晚饭。如果吃了晚饭，我就不吃午饭。有个女人主动来我的出租屋找我，找我睡觉，她每隔一天来一次。有次她来了，留在这儿，我们两个整整一天都在床上，懂吗？她单身，我们两个都没怎么吃东西。后来有一天，我突然止不住地颤抖，大概持续了两个小时，不住地冒冷汗。在那之前的很多天，我们每晚都要来个两到三次。我每天晚上回来，会先洗个澡，吃点东西，然后我们才开始。

黑鬼婊子，我就算不吃饭，也照样能睡女人！只是射得慢，或者根本射不出来。我跟你不一样，我照样硬挺着。

我曾对约瑟玛说：“你这个该死的变态，应该让女人享受才对。”在你的下面来个两三次，不是吗？或者至少一次，能两次就更好；要是男人虚，立马就结束了。还要懂得如何把女人也调动起来，让她一起高潮。要不然，算哪门子真男人？如果女人先高潮了，男人还没结束的话，那可不行。如果两个人没有同时高潮，是生不出孩子的；如果一起结束，女人需要吃避孕药，如果不是的话，倒是可以把药片省下来。我知道饥肠辘辘地睡女人是什么感觉，她也没吃饭，他妈的！尽管那天是个周四的晚上，我们什么也没干，我跟她说："今天别搞了，否则我们都得生病。"周六的时候我收到了工资，周五她去做服务员。那天她什么都没吃，也是空着肚子来的。她抓起了她仅有的一枚硬币，我不记得是多少了，我知道她没什么钱，然后去买了一块面包，于是我们一起吃了面包，是那种带糖的。她吃了一块，我吃了另一块，但是除此之外再没干别的了，太糟糕了，不是吗？您明白我的意思吧。

我明白什么？我不知道那种贫穷的滋味，所以我才问您的，恶心的黑鬼。

我跟您说，先生。周六那天我回了趟公司，取了钱，大概下午两点的时候，我去买了东西，回家后我做了饭；她先去工作，后来才过来。

这盘两公斤重的薯条就是你们梦寐以求的东西。

我买了肉、水果，对吧？鸡蛋、一块上好的牛排、面包、鸡蛋[①]，还有一块上面盖有鸡蛋的牛排。我和她，他妈的，我们喝上了可乐。我们吃得太多了，随后我们休息了一会儿。等我们醒来的时候，已经是下午六点了，我们在一片漆黑中坐了一会儿，洗了澡，接着继续暴食来补偿之前亏欠的。不是在开玩笑，真的。人类，尤其是男人，一定要好好吃饭，不这样的话，是立不起来的。还有一次，我需要去海边一个很远的房子干活，在里约州的萨夸雷马。该死！在卡布弗里乌[②]的旁边。老兄，我去那儿工作能呼吸到纯净的海风，不是吗？

别跟我称兄道弟的。

不好意思，先生。那儿给所有人都准备了吃的，因为大家都要待在那儿，而那里又距离周围相当远，我在工作的二十天里胖了四公斤。我们什么都吃，早上早点的时候我们会先洗海澡，到了中午就吃午饭，就这样。工头告诉我如何才能进工会。但是最好还是把所有的土豆都放进油锅里炸了吧，好吗？您最好还是留一半晚上再吃，别都请了我。

---

① 小说人物反复提及鸡蛋。

② 西班牙语 Cabo Frío，直译为“冷角（端）”，是巴西里约热内卢州的一个旅游城市，这个地区的水域比其他地区更冷，这也是这个名字的由来。

我之前也在工会待过，但是现在我是个体户，没什么区别。如果我摔断了胳膊，医院会给我报销。你以为会怎么样？饿死鬼。

但是，先生，您作为一个个体经营者，既没有假期，也没有什么保障。如果停工，那就是您自己的问题。而且，您是电工，同时又是泥瓦匠、木匠、水管工和油漆工，可工会是不会让人按照每一项工种给您付钱的。按最低工资算下来，工会没帮您争取到什么，啥也没有。

赶紧闭嘴吧，混蛋！最惨的要数提供给客户的报价低于实际的成本，不是吗？客户开始觉得价格很贵，觉得您就是在抢钱，他妈的，想要有钱赚就只能降价，一段时间之后，材料费上涨，水泥价格不就涨了吗，对吧？而且砖头的价格几乎翻了一番，再后来水泥也涨了上来。等到交付完工的日子，有时候反而会亏本，不得不自掏腰包进行补贴。

那个可怜的家伙开始因为焦虑而脑子发热，无法冷静下来，他的生活已经毁了，连女人也没用了。约瑟玛曾对我说，他感受不到紧张，就好像打了一针。焦虑会摧毁一切，不是吗？因为脑子可以掌控身体的各个部分，比如下半身，焦虑的时候是硬不起来的。

那只会发生在那个倒霉的黑鬼身上，不是我。

在海滩干活的那个家伙跟我说起，等我回到里约之后，我可以和其他的泥瓦匠们聚在一起，因为团结就是力量，以此消灭对穷人的剥削。我去了，后来警察以藐视政府的罪名赶走了我们。

我在巴乌鲁加入了工会，你他妈觉得我怎么样呢？我目前对政府没什么不满的，但我就是觉得政府错得离谱。如果我在政府任职，我会降低生活成本，降低燃料费，保证让人们开得起车，想去哪儿就去哪儿，并且还要降低公交车的票价。我会更加保护城市，还有位于内陆的农村地区。这届政府离谱至极，每个月涨两次车票钱。

您没有车，可是您还是不会同意的。难道您不希望所有人都拥有同样的东西吗？

愚蠢！我当然想了，但这事绝不可能。肯定会有穷人和富人，当然也有人买不起吃的，而另一群人却在这儿吃两公斤的炸薯条，全部吃掉一个不剩。没错，在那些共产主义国家是这样的，但这儿不是。这儿不可能，如果所有人都处于同一个阶级，就没有人工作了。但对你这样无知的黑人来说太难理解了！

是啊，先生。

我觉得，必须要有富人的存在，这样才能为穷人提供生计。如果不这样，大家就都没活干了。在里约这儿，如果帮我打杂的助手很有钱，他是不会给我打下手的，懂吗？他可以给自己打工。所以说，像我这样比他有运气的人，尽管我没有什么钱，我就可以帮助他，甚至说我在帮助他的全家，不是吗？

先生，您是有身份的人啊。

什么有身份？就是彻头彻尾的懦夫，先管好自己家再说其他的人。狗屁骗子！

那个女人是谁，先生？

一个街头贱货。

好吧，先生，我不会再接您的话了。现在我要跟您说说科科塔的事情，我有很多新鲜事儿要告诉您，关于玛丽亚·达·歌莉娅的，好像……

等一会儿，我先跟你说说关于巴乌鲁这儿的。

蠢货，你已经不在巴乌鲁了，你在这儿，在桑蒂西莫，还有两个每天都在嗷嗷待哺的孩子。

改天你再跟我说科科塔吧，不着急，不是吗?

一开始约瑟玛没有藏着掖着，把实情告诉了他。事情是这样的，那是一个周三，他不用工作，他在街上遇到了之前跟他一起搭乘公交车从圣保罗来到巴乌鲁的一个女孩，旅途时长好几个小时，她对他说她现在住在一个亲戚的家里，他送她到亲戚家。当他们到了的时候，那个亲戚开了门，是德乌莎。他经常能见着她，她的目光也总望向他，而此刻她的身子半靠在丈夫的怀中，她的丈夫是大货车司机。再后来，德乌莎让他杀了她的丈夫。但是约瑟玛是个正经人，这件事玛丽亚·达·歌莉娅都不知道，他以后会告诉她。

混蛋，你别忘了告诉她你还偷了那个送你牛排的可怜老人的一千块钱。

于是他开始和那个年轻女孩谈起恋爱来，但是与此同时德乌莎也开始倾心于他，不是吗？两个人都喜欢他。但是那个岁数小的后来回了圣保罗，给他写过一次信，让他给她的那名亲戚递个话儿。他差不多中午时分到的，德乌莎开了门，丈夫两点才能回来。“这儿是我收到的需要转交给您的信件。”两个人有一搭没一搭地聊着，德乌莎问了他一个问题：“你是不是跟我家那个小嫂子睡觉了？还是怎么回事？”而且还故意告诉他，她的丈夫下午两点十五分到家。他回复道：“没有，还没有发生那事儿，她还没给我那个。”德乌莎紧接着说道：“这不可能。”事情就这么发生了，那一瞬间，他俩的事儿算是真正开始了。他在卫生间里上了她，就是那个家伙的女人，那个司机的老婆成了他的人。他们两个人就这样开始了，每当她丈夫不在家时，两个人定要鼓弄一番，不放过任何一次机会。有一天，在卢卡斯车站附近发生了车祸，就在去圣保罗的路上，所有的消息都中断了。这时，她对他说：“去他的！死的不会是那个混蛋吧？”他说：“我不清楚。”紧接着，广播就播报了死者，并不是那个家伙。她对他说，要找个人宰了她那个丈夫。“都赖你，我要找人杀了他，我们才能在一起，找个我们都不认识的人，好吗？”而他总是用同样的话回答她：“你无论如何都不要这样做，他是个本分的老实人，靠自己辛苦过日子，这样的人不该死，不是吗？”

如果给你一千块钱，你早就动手了。你个两面三刀的混蛋。

我还有好多关于科科塔的事情要告诉你，关于……

等一下！她脾气很暴躁，总是和她的丈夫吵架，对他恨之入骨，因此很讨厌他，压根儿就不喜欢他。她说自己之所以很讨厌她的丈夫，是因为每次和他睡觉，无论她多努力去尝试，都没有感觉。渐渐地，她的丈夫越来越不行，硬都硬不起来了，更别提那事儿了，而她却疯狂迷恋上了不该迷恋的人。她的丈夫想尽了办法，但问题仍旧没有改善，而她下了狠心要找人宰了他。但是后来他不再去找德乌莎了，她真的很性感，但也是个不要脸的婊子。

约瑟玛，臭婊子，你不让我说话呗？我有关于歌莉娅的事情要告诉你！

他的母亲在这个小黑人成为孤儿的时候就领养了他，如果说今天这个小黑人是来桑蒂西莫看望他母亲的话，他可能见不到她。但是他可能会告诉他关于另一个女人的事，非常麻烦不好对付，就发生在科帕卡巴纳[1]，那里遍地都是钞票

---

① 西班牙语 Copacabana，是巴西里约热内卢的著名街区，是拉美常见的地区名，含义为“望湖”（vista al lago）。

和老手。信不信随他。他不会跟他说关于科科塔那名女教师瓦尔塞伊的事儿。作为一名绅士，他是不能说一些玷污女人名声的话的。如果这个时候谁进来拜访，看见他拿着一大盘子炸薯条的话，想必也知道这是相当丰盛的一顿饭。科帕卡巴纳那儿的一名医生的妻子，会时不时对他说："我要让人宰了我那丈夫才能跟我喜欢的人在一起。"她总是这样说。他把她家厨房的马赛克瓷砖全部换掉了，她对他的工作成果很满意，也很喜欢他这个人。她一门心思都在他的身上，每天电话不断，邀请他出来喝啤酒，吃午饭，共进晚餐，懂吗？一切安排妥当，没有任何问题，终于到了他们要上床的那天。那天他和这个女人约好了要见面，他对她说："咱们这样：晚上十点见。"到了晚上十点，他们出来去了科帕卡巴纳那边一家很远的旅店，整晚都待在那里，直到早上六点才回去。他没见过她的丈夫。她对他说："我真的太可怜了，我真应该宰了他，他在外面有别的女人了。"她的老公，那个住在她家、睡在她家的家伙，比这个女人要小。那个家伙不仅跟她在一起过日子，还跟另一个厮混，明白了吗？那个女人，她手里有三套公寓。她对他说，她实在是受不了她的丈夫了，他已经五年多都没碰她了，但仍赖在她的房子里。因为他们有两个孩子，他俩的孩子，懂吗？他原本是个穷光蛋，是她帮助他脱贫，懂了吗？她让他有学上，她帮助他完成了医学学业，在他功成名就的时候，他抛弃了她，真是个狗娘养的混蛋！时不时地她会很想要痛痛快快地来一次。对他来说，如果她想的话，他倒是可以陪她去旅店。两人在旅店的时候，他骑在她的身上正做着运动，她不小心掉到床下，摔破了脑袋，他也是，但是没她那么严重。她从床上掉下来的时候正在高潮，没有注意脑袋卡在床板的栏杆之间，结果撞出了血，她说："要是你不答应我宰了他的话……我这就叫警察，指控你故意伤害。"他没有理她，那是他们的最后一次见面。

你是不是在等她给你个一百万，但她压根儿就没提钱的事儿，狗娘养的混蛋。

那个小黑人应该不会相信他的话，有的时候他也不跟他说什么，因为那个黑人根本就不相信他。黑人告诉他："有个女的，也是个黑人，想要杀了我，就是她！"在里约，在莱梅那片儿的一个女服务员。"我不知道她脑子是坏了还是怎么的，我是睡了她，但比较走运的是我们后来再没见面了。因为她总是身着白色的衣服四处闲逛，神经兮兮的，她未婚生了一个儿子，是个单亲妈妈。她本想用枕头捂死她的儿子，但后来她又后悔了，自己跑到警察局大喊大叫。"

她没有像我一样用指甲抠自己吗？她喊什么？

"她在控诉她的人生好似地狱一般。当她跟我吵架的时候，也说的是同样的内容，她觉得她的人生好似人间炼狱。如果人们不拦着她的话，她就要去警察局自首，承认想杀了自己的孩子；她的老板在街上发现了她，那个疯子带着用破布裹着的孩子，站在街中央想让车撞死自己。”他不相信黑人跟他说的话，那些关于科科塔的，以及那么多的人让他来问候他，所以他跟他打听了那个先生，农场的主人，还让他转达，如果他回乡的话，会去看望他，还会去看看家后面的足球场和网球场。并且他想告诉大家，他对自己很满意，像他这样的乡下男孩在外打拼，一切都顺利，尽管曾经不辞而别，确实不好。农场主的孩子都长大了，开始找对象，他没有对黑人说关于学校女老师的事情。当他再次遇见她时，距离上一次已经过去了十五年。

先生，这些土豆烤得好焦啊，这么热您不嫌烫嘴吗？

他在她那里经历了所有的第一次，他没有别的老师。这样更好，因为他最喜欢她。后来她消失了，像从人间蒸发了一样。在他二十七岁那年，他被派往马托格罗索州附近的一个地方检查一个线路，对吧？他认出了她，他走了过去，看了她好一会儿。他当时住在海港酒店，还在为塞斯帕工作，他总是在晚上八点半的时候看见她从那里经过。他对自己说道：“那个人就是瓦尔塞伊，应该就是她。”他从房间的窗户探出头看向外面。有一天，他从房间出来，下楼挡在她的面前："不好意思，女士，请您原谅我即将要说的话，您别误解我，您是叫瓦尔塞伊，对吗？""我叫瓦尔塞伊·里贝罗，我确实叫瓦尔塞伊。"他随即问道："您之前是住在哪里呢？您在那些镇子教书是什么时候的事情来着？""我在科科塔教过书，在新伊瓜苏[1]也讲过课，我还在米格尔库托[2]也待过。""您还记得您教过的一些学生吗？""当然了，我记得很多我自己的学生。""您记不记得曾和一个极其懒散的学生之间发生的一些奇怪的事情了？"她在那里想了又想，而他试图提醒她什么。"您看这样吧，孩子，咱们这么办：我曾经教过很多学生，我也很荣幸您能过来跟我说话，但是我现在快迟到了。我们这么办：晚些时候我们还在这儿见，就晚上八点，咱们叙叙旧。但是，请您告诉我，您是做什么工作的呢？""我是塞斯帕的线路检修员。"她听说过那个公司。他告诉她，他是变压器调节员。但是很显然她不记得他是谁了。她依旧那么漂亮，身材丰满。他对她说："您别迟到了，小姐，八点的时候我会在这里，我已经吃过晚饭了。您别让我等太久，我还给您准备了个小礼物，您会喜欢的。"到了八点整，她出现了。他透过房间的窗户看到了她。他对她说："我们说会儿话吧，好吗？我们去那个广场坐一会儿。"她提到了一些他曾经的同学，但是关于他，只字未

① 葡萄牙语 Nova Iguaçú，是巴西东南部位于里约热内卢州的一个城市。

② 葡萄牙语 Miguel Couto，是新伊瓜苏市下辖的一个区。

提。“您听我说，我曾有过很多非常调皮的学生，非常叛逆，一个叫杰拉尔多的，他给我添了很多的麻烦，总是在惹事儿。当时有杰拉尔多，还有莱昂、科莱昂，还有多拉尔多，一群爱打架的小男孩，我记得非常清楚。”随后，她提出让他送她回去，因为她家离那儿很远，时间也晚了，家附近还有几条漆黑的街道。她对他说：“有个男人送我回家让我觉得很安全。我从来没有这个时间外出过，因为这个时间回家会让我害怕。我很享受单身的生活，但我不喜欢的是晚上没有人陪我回家。”他实在是忍不住了，轻轻拽住了她的胳膊。她问他哪天出生的，并告诉他，他属于一个特别的星座，狮子座。当路过一片厚密的丛林时，他停了下来，告诉她那些树木跟科科塔的树很像，其实根本不是。他只想看看她的反应，是想快速走回家还是愿意停下来。她停在了原地，像一头温顺的奶牛。他们在旁边的草垛上发生了关系，他甚至都不记得是怎么回事儿了，唯一记得的是，过程中他们两个几乎没有说话，他抱住了她，她毫不挣扎，他脱下了她的内裤，让她躺在草垛上，她享受着他带给她的欢愉纵情地呻吟，再后来他们告别，没有下文。他没有送她到家门口，因为他找了个借口说有人在等他打台球或类似的事儿。他约她改天晚上再见，但是他不记得他当时是否去了乡下，给某条线路做检查，还是做了其他别的事情，还是他要回一趟巴乌鲁，总之他没去见她。他没有告诉她任何关于他十一岁那年给她写的那封信的内容，有必要浪费时间吗？她也压根儿想不起他来，如果一个女人是个婊子的话，跟哪个男人睡又有什么区别。尽管他觉得她是个有身份的人，不是吗？但是他没有跟黑人说这件事。为什么要剩这四五个土豆在盘子里？都吃了吧！

第九章

家里为什么这么干净？

他母亲回来了，她人很好，到家之后马上就开始打扫。

你很久都没有想我了，对吗？

但她还没有痊愈。镇上的医院和桑蒂西莫那边说的一样："女士，您需要接受治疗，就留在镇上，这样您的大女儿可以照顾您。"他问她："老太婆，既然这个治疗能彻底治好您，您为什么要提前回来？"她是这样回答的："你的姐姐会照顾我，我会痊愈的。多亏了我的儿子，给我支付了如此昂贵的手术费用，我很亏欠这个好孩子。"说完，她一边紧紧地抱住了他，一边落泪，那泪水中满是悲伤，而非欢喜。

她难道不该感谢上帝让她痊愈吗？

她心有愧疚，桑蒂西莫的治疗费用已经非常贵了，而科科塔只会更贵。老太太觉得：“我手里唯一能拿来换钱的就是这栋房子，但这样的话，我会让你无家可归，我亲爱的儿子救了我的命，所以这种事，无论如何我都不会让它发生。”他听后沉思了一会说：“老太太，您不要担心，您的儿子一定会想办法弄到那笔该死的钱。如果实在不行，您就安心把房子卖了，您的孩子已经是个男人了。”但他心里其实很难受，无论如何，他一定会搞到那笔钱，而不必卖房子，不是吗？

你妈妈已经睡了，你为什么醒了？才凌晨两点。

如果歌莉娅能听到，他想问她要个东西。

什么东西？我在听你说话呢。

他希望她能给他一点表示，天晓得什么样的，好让他知道她还爱着他。

为什么？

他从来没这么倒霉过，他求她帮他一把。如果母亲察觉到他的事儿，他妈的，可能会加重病情，也可能会死掉。

最后只剩下儿子自己一个人留在那里，妈的！你在想什么？你儿子的那个皮球已经瘪了，没法儿踢了。皮球被扎破了。当他下班回到家的时候，家里来了客人，是他孩子的母亲。他对她很不错，虽然他们之间话不多。他一进门，就看到母亲和那个女人在说话。然后她问："你介意我看望你的母亲吗？"他回答："当然不介意，没有问题，欢迎你来我家，你们想待多久都没问题。"因为她带着两个孩子。皮球破了，留给他让他修好。他出去洗了个澡，干了点别的，然后去热了饭，随便什么都行，他快饿死了，午饭也没吃。之后，当玛丽亚·卢尔德[①]要离开的时候，她在街上问他："我来了你开心吗？"他说："你来的理由正当，你是来看老太太的。"她主动提出，如果可以的话，她愿意在他母亲患病期间出点力，帮帮忙。他回应说："真的很感激你，我当然没什么问题。要是我手头宽裕，一定会付你报酬，因为我确实需要这种帮助。"她说："你怎么总是这么高傲，什么都想用钱解决。"他说："不，不是这样的，我只是不想欠别人的人情。"然后，她带走了在祖母面前打闹、调皮的两个小孩。他亲了亲他的两个儿子，孩子们问他要一百块钱去修皮球，而他身上却没有。"很遗憾，我今天身无分文，改天再给你们。""啊，可是我们想踢皮球。"孩子们七嘴八舌地抱怨着。"没问题，你们别担心，这周末我就把修好的皮球还给你们。

① 西班牙语 María Lourdes。

我先把皮球拿走，明天我送去找人免费修理。”“爸爸，那你给我们十块钱买糖吃吧！”“对，爸爸，你给我们十块钱！你别那么小气！”他叹了口气，说：“今天我真没有钱，就这样吧。我手上只有明天上班坐公交车的车钱。我跟你们发誓，我一个子儿的余钱都没有。”大儿子说：“好吧，那么周六我们来拿皮球。”他说：“行，周六你们过来拿皮球。”卢尔德跟他的母亲告别：“女士，我一有空就过来看您。”然后两个人又说了会儿话，她确实是一个很不错的女人。

你怎么想我都无所谓，我可太了解你了。

一个六岁，另一个最调皮的四岁，两个小孩整天都在一起。她说，两个孩子每天都在家搞破坏，把东西扔在地上，家里弄得一团糟。但两个小孩都很可爱。她是一位很有教养的女性，话很多，也很开朗。他说：“老太太，您跟她聊的时间可真够长的。”母亲不紧不慢地答道：“还可以，她对我很友善，不过说到孩子的父亲，她可一句话都不愿意提。”他撇了撇嘴，有点不耐烦地说：“我想要的只有我那两个儿子，而我现在已经有了。”他没有继续对话，转身来到了院子里。孩子的母亲过来帮忙干活，帮着洗衣服。当他不在的时候，她问老太太为什么要回乡下：“女士，您为什么不想住在这儿了呢？”老太太说：“有可能我会把房子卖掉，还有些其他的事儿。”她又问：“那您的儿子要住哪儿呢？”老太太说："让他自谋出路吧。"她又说："这事儿有点奇怪，不是吗？"对卢尔德来说，她一点儿都不喜欢这种事儿，一点儿都不。母亲说："如果要卖房子，那是因为不得已，我现在身体不好，很需要钱，你什么都不要告诉约瑟玛。我现在还欠着社保要交，这些事我都会一个个地做。"她们之间的见面就是这样，就像穷人对美好生活的期盼一样漫长。她说她会经常来看望她，当她有衣服或者其他一些事情要做的时候，她会来帮她处理。

如果你无家可归，你不要找我。你别想进我家和我儿子的家门。

她是老师，做双份工作。他觉得，她好像八点开始就在学校上班，中午下班，下午两点之后在一个培训机构工作。她的生活就是这样的，不停地干活。下班回到家后，她需要忙其他的事情，照顾她的孩子，做饭，吸奶装奶瓶，都是些跟孩子相关的事情。她是个善良、能干的女人。但差不多四年了，他都没有碰过她，他没有一丁点儿的想法。当他对什么事情感到厌烦的话，这种感觉便会一直持续下去，不是吗？当他说，够了，他不想再继续了，事情就结束了。他不会回头的。一旦出来，他不会再回去。

因为大门紧锁。

她经常跟他吵架，不是吗？而他，他妈的，他没有时间观念，甚至没有固定回家的时间，他都不知道几点才能结束手上的活儿，而她居然想规定他回家的时间，事实就是这样。她说：“我晚上七点准时在家等你。”每天如此。他妈的，他才不会跟着她的节奏走，不是吗？他怎么可能每天都七点这么早到家？加班工作又会到几点呢？他有的时候晚上会去她那儿过夜，其他时间会在自己的家里休息。

你从来不会把蛇扔到她的身上吧？就像你以前对我做的那样来吓唬我。

她和那些蛇可是一伙的。但她并不丑，很好看，很白，留着长长的黑发。现在她把头发染成了金黄色，整个人都变了，看起来特别坏！她和蛇可以一起生活，一起玩耍，毕竟都不是什么善良的东西。

你从未想过要杀了她，就像你对蛇那样？

他曾经想过，如果他看到玛丽亚·达·歌莉娅跟别的男人在一起，他会杀了她。黑人兹尔玛上次路过巴乌鲁告诉他：“玛利亚·达·歌莉娅好多了，已经回学校上学去了，如果她能完成学业，她就可以当老师。她现在的状态已经好了很多。已经不再琢磨以前发生的事情了。但是不经常出门，也没有男朋友，那点我可以确定。”

不对，我还在想着以前的事情。

他对黑人说："你说得不对，她还在想着以前的事情。"黑人反问他，为什么他从不和马蒂亚斯[①]交朋友。那是事实，马蒂亚斯不是他的朋友，但玛丽亚·达·歌莉娅经常跟那个马蒂亚斯聊天。那个家伙叫马蒂亚斯，是个又高又胖的家伙。她总是对他说同样的话："马蒂亚斯和我的兄弟在我家一起长大，我跟马蒂亚斯之间没有什么。"可对他来说，却足以使他心烦意乱。

马蒂亚斯去外地上学了，我后来就再没见过他了。

混蛋，他告诉她不要再跟那个家伙说话！他觉察到他有点喜欢她。马蒂亚斯去了大学，在那儿学跟农业相关的专业。"他妈的，我不想再看见你跟那个家伙说话！"但他又不能总朝玛丽亚·达·歌莉娅发火，因为她病了。有人告诉他，即便是很远的距离，歌莉娅也能看见他，不是吗？她看见他每次都抱着越来越大的一束花。

确实，我没忘，我还在想着之前发生的事情。你别难过，你妈妈不是已经浇了果树吗？你人也不在巴乌鲁了。

---

① 西班牙语 Matías，女主人公玛丽亚·达·歌莉娅的男性朋友。

他从巴乌鲁离开，因为他再也无法忍受那段距离。

该死，跟那个没什么关系，你不要再利用那个可怜的疯子了，因为她很信任你，虽然让你很难受，但是你得说实话。

他之前在乡下安装了一些电线杆，那种高压的，但当他回到巴乌鲁的时候，却被告知工人们已经搬走了，而这并没有事先通知。塞斯帕公司已经搬走了，不是吗？他兜里一分钱都没有，只有两个克鲁塞罗。所有人都走了，宿舍也他妈的空了。大家都去了另一个离马托格罗索很近的镇子，大概两公里远，而他连买车票的钱都没有。他就那样一个人孤零零地留在了那儿，懂吗？连个求助的人都没有，一个同事都没留下来。他们只是在旅馆里给他留下了一个他要去的地址，再没别的了。他不相信任何人，毕竟在那儿没待多久。他在巴乌鲁待了三年，如今却不得不离开。于是，他很崩溃，花了两小时思考身无分文的情况下怎样才能去马托格罗索。于是，他开始盘算着坑骗谁一把，他去了之前住的宿舍。“您知道我是这儿的吧？我在这儿住了很久，我现在需要二十个克鲁塞罗去马托格罗索附近的一个镇子；改天回来，我再把钱还给您。”那个家伙没有钱，他在那儿只是在等公交车下班，他当时看起来心情也不是很好。公交车在十一点十五分驶离站点，他上了车，跟所有人道别，对那些曾跟他一起踢足球的队友们说了声再见，随即离去。在巴乌鲁三年，公交车启动了。他却连个借钱或者求助的熟人都没有，明白吗？他没有家人在巴乌鲁，他逐渐崩溃，该问谁借这个钱呢？于是，他只能跟那个家伙说。对方倒是爽快，“没问题，可以。”他提出将手表作为抵押留给他：“您拿着这块手表吧。”那家伙说：“不，不用，您是一位善良诚实的小伙子。我从没听说过您在这个镇上做过什么坏事。不过，您要是能留给我点什么东西，我还是很感激您的。”不过就是一块金色的手表，搭配着普通的银色金属表带，没什么大不了的。他启程前往马托格罗索旁边的镇子。那家伙是宿舍的房东，大家都在那儿解决午饭和晚饭，一切照旧，安静祥和。他离开了，再次踏上了旅途，从此以后跟那儿再无牵扯。又是一个在公交车上度过的夜晚，外面一片漆黑，什么都看不见。

我知道黑色会让你难过。

对他来说，夜晚的黑色象征着葬礼，用在当一个人病得很重快要死掉时，或者一个人因为生产可能要死掉，或者已经死了的时候。当他难过的时候，黑色意味着哀悼；当他状态好时，意味着正是要睡觉休息的时间。有一次他睡不着，母亲在一旁抱怨生维尔玛①的阵痛，他坐起来，提笔写了封

---

① 西班牙语 Vilmar。

给老师的信。

为什么黑色是葬礼的颜色？我不懂，我问了我妈妈，她也不知道。

他知道为什么，那源自很久以前跟奴隶有关的事情，对吧？当巴西解放的时候，巴西的那些黑人也随之获得了自由。以前那些黑人没有现在他们拥有的机会，不是吗？比如，不能随意走在街上，不能自由地在乡下游玩之类的。他们脖子上套着绳子，戴着铁链行走。一旦做了什么不对劲的事儿，或者想占有一个女人，就会被处死，类似这种事情。通常来说，黑人不喜欢葬礼，那会让他们想起他们还是奴隶时候的事情。当他们谈起伊萨贝尔公主①时，他们会发抖。毕竟是她赐予了他们自由。如果母亲要走，要把房子卖了的话，他就不知道该去哪儿落脚了。

你妈妈睡得很沉，你不想跟我去走走吗？你要是哭得这

---

① 巴西帝国时期（1822—1889）的伊莎贝尔公主，曾于1885年5月签署废奴法令，正式废除巴西奴隶制度。因此，她在一些黑人社群中被视为解放者，但也有人认为她的行为出于政治压力，而非真正的平等主义信念。1870年代以后，废奴呼声越来越大，相关运动蔓延全国，至此超过三个多世纪的奴隶制被废除。需要指出的是，奴隶不被视为公民而是财产，16世纪中叶葡萄牙人才开始从非洲贩卖黑人奴隶，用来满足甘蔗园的种植需求，而在此之前的奴隶都是美洲本土原住民。这也导致了，巴西成为非洲裔人口最多的国家之一。

么凶，胸腔起伏得这么猛，她可能会被吵醒的。

男人是不会哭的，他可以忍。

我们出去吧，外面的空气会让你好受点儿。没有月亮，外面很黑。

他总是问歌莉娅为什么她喜欢黑衣服，她一直都不想说。但有一天，她说："我第一次见你的时候，你就穿着黑色的衣服，一身黑，我喜欢穿着黑色衣服的家伙。"该死，他生气了："你居然说你喜欢穿黑色衣服的家伙，怎么回事？是我穿着黑衣服还是说随便一个穿黑衣服的家伙？"她说："不是，我一直都喜欢黑色，从我认识你的那一刻起，我看见你穿着黑色，所以我对你有一个请求，就是希望你穿黑色的衣服跟我散步。"所以通常两个人里，他穿着黑色的裤子或者黑色的T恤，而她穿着黑色的凉鞋或者黑色的牛仔裤，他们之间总会有黑色。他们之间就是这样约定的。

男人们不哭，这点我很喜欢，你是个坚强、正直的男人。今晚的星星不是很亮，对吧？

有个时间点天空会特别美，大概就是现在，差不多在凌晨两三点的时候。当天空晴朗，人们抬眼望去，才会发现它是那样的不同，不是吗？他确实很在意，从凌晨开始一直仰望天空。上周他差不多也是今天这个点儿醒的。他来到院子，抬头望去，本是圆圆的月亮，后来渐渐成了半月，真好看！好漂亮！美得就像一朵正要盛开的花，对吧？含苞待放。今晚很黑，他没有问母亲关于玛丽亚·达·歌莉娅的情况，也没听她提起过什么。

他们说的都是真的。

他们说了很多关于她的事儿。她一直认为她有一个儿子，别人没注意到她用枕头捂死了孩子。后来她后悔了，她去了警察局。如果没人拦着她，她就会因为杀子投案自首。在他回镇的那次，她的母亲在街上找到了他，对他说："我女儿的人生就像地狱一样。"有一天她用破布裹了什么，胳膊抱着它就像抱孩子一样，看到一辆车驶来，她跑到马路中间，想让车轧死她自己和孩子。

那是发生在别的女人身上而不是我身上的事。什么是地狱？

以前他们在花园里谈情说爱的时候，歌莉娅就总是喜欢问他些问题，他在这个世界上最喜欢什么，诸如此类的。待不了多久，他开始动手动脚。但是她从未问过什么是地狱，如果他回答过这个问题的话，现在她应该能想起来了。而此刻，他也分不清了。人生在世，最好能分辨什么是坏的，才好不要走上那条路。如果她可以听见他说的话，他有许多问题想问她，好度过夜晚最漆黑的那几个小时。

对你妈妈来说，什么是世间的地狱？

天堂在她看来，可能就是永远和她的儿子生活在一起，她那天晚上和他聊到：“天哪……我也不知道我该干什么。”他说：“您照顾好自己的身体，把房子卖了吧。”因为房子是登记在她名下的。他是她最喜欢的儿子。但换作是他自己，他可不想有一个叛逆、打架的孩子，不是吗？他不想，他不会接纳他成为自己的孩子。有的小孩很不错，听大人的话，很懂事。但也有冥顽不灵的、动不动就吵架的小孩，爱打架，扔石头，骂人，说脏话，谁也不放在眼里。他不喜欢这样的小孩。对他来说，这可能是人间地狱。他只是不清楚而已。

人间地狱是什么样的？有很多的火吗？那种火焰很高的篝火？

不，什么都没有，他无所谓这些。他对那些东西并不清楚。虽说他喜欢篝火。

你什么都没看见，因为没有月亮天又很黑，对吗？

天气很冷，他觉得今晚应该会有露宿街头的穷人。如果下雨的话，篝火就灭了，夜宿在外的人会冷到发抖。

你的儿子不是我的，对吧？他们时不时会调皮是因为他们的父亲就不是什么好东西，不是这样吗？

孩子们生而叛逆，从出生起就心眼儿不好，不打孩子就管不住他们，但打孩子是没有用的，他们会更加叛逆。他们生而懒惰，生性贪婪好偷盗，如果出生起便这般，便没有任何办法能让他们感到满足。哪怕赠予他们再多的礼物，也是没有用的，他们就是这样的人。

你儿子的心里到底有什么？流淌着的不是我的血液，对吧？

坏血，就好似不是人类的血液，对吧？有的时候一头狮子都比一个小孩更好规训，懂吗？因为狮子就是这样的，如果有人每天照顾它，一直都是同一个人，狮子会对这个人产生感情，但是这是一种背叛性的友好，不是吗？它有可能从背后攻击他，随时反咬一口。

但不是说狮子是丛林里面最高贵的动物吗？

不是这样的，它是现存最糟糕的畜生之一，他是知道的。

但是你的星座是狮子座。

他的星座所代表的是一头安详的狮子，对吧？相比于自己的父亲在他该死的生活中对待孩子的态度而言，他要更负责任。他的父亲什么都不做，他妈的，从来没帮助过他。“他第一次穿鞋是在什么时候？”十二岁。之前他都是赤脚走路，懂吗？而他现在，尽管依旧没什么运气，但每当有机会，就会去看望这两个孩子。他会在以后兜里有一千块钱的时候，对他们说“哎，这是给孩子们买鞋穿的钱”之类的话。这样他的儿子就可以衣着得体、整洁、靓丽地出门，这对于他来说才是一个父亲应该做的。如果说父亲把孩子扔在那里，这不是一个父亲，不是个好父亲。

你冷吗？早晨太凉爽了。

他要进屋了，因为他感到冷，但不会因此感冒。他受够这些乡下了，真他妈的冷，坐落在荒无人烟的地方，这该死的塞斯帕，所以他不干了。他在马托格罗索还能勉强多待几个月，马上就要放假了。

我知道在马托格罗索那边你很快就有假期了，你打算做些什么？

当时他告诉黑人兹尔玛，他觉得她把他忘了，但是那不是真的。等塞斯帕给他放假，他就会去找她，他疯了一般地想见到她，懂吗？

我们进去吧，你没必要在外面挨冻。

那次他告诉黑人：“只要塞斯帕给我放假，我会去见她，因为我真的很想她。”

你会来吗？

当然了，作为一个正直的人，他以男人的名义许诺。

第十章

你为什么要这样看待所有的事情，你不记得你家乡的样子了吗?

他不记得科科塔是这样的一个小镇了，也不记得在那里的人竟然都如此贫穷。大家彼此都认识，遇到了会打招呼聊天。这个镇子被一分为二，对吧?一边是右岸，一边是左岸。百米宽的溪流从镇子中间穿流而过。

你怎么了?你为什么一直用眼角瞟人?

那是一条有很多鱼和凶猛野兽的河流，比如鳄鱼。还有长得像肥猪一样的貘，长着长长的鼻子，每次观察周围都会睁着大大的眼睛。八月，繁殖季到了，它们就会出来捕猎。它们会吃各种动物，把鸡抓回去带给幼崽。还会抓猫和狗，如果人类不稍加注意，也会被它们袭击。

你记不记得镇子左侧的那些房子都特别好？

没错，有教堂，有河边步道，有一间很不错的酒吧和一家高级餐厅，以及一家高品质的酒店。那间酒店从外面看很干净，他不知道里面什么样。右岸的人口比较多，有几座山丘[①]，上面居住着很多穷人，分别叫克罗圣山[②]和圣法蒂玛[③]山。每座山都有它自己的名字。街道并不是柏油马路，但都铺上了很好的石子，还有一些土地。在六公里远的地方有个农场，慢走半小时就能到。还需要上桥过两条并不是很宽的河流，其中一座桥是新的，他之前没见过。公交车早上五点就到了，所以他走着去农场洗个澡，对吧？然后刮个该死的胡子。他下午要去镇子。他从农场出来，穿过玉米地，然后是甘蔗田，路过瀑布，蹚过河，然后是另一条河，岸边有漂亮的石子，矗立着挺拔的树木。他走出农场的时候还不是很热，他不想满头大汗地到那儿，如果运气够好，路上不起风，他会发型整齐地到达，对吧？每周四六点钟开始，公园里便会有点歌活动。她要是精神好点儿的话，他们有很多的话题都可以聊，也可以跟他一起去马托格罗索，跟他一起

① 拉美的贫困人口一般聚集在城郊或山坡上，以及因经济衰退和基础建设老化而衰败的市中心（老城区），特点是房屋拥挤，但不一定卫生状况糟糕，物价并不比富人区低。

② 西班牙语 Kerosén，本意煤油，但此处是地名，故进行了音译。

③ 西班牙语 Santa Fátima。

离开这个地方。

有一次你跟我说了个事儿让我特别开心。要是你能再说一遍，我可能会很高兴的。

他跟她说了很多的事情，在他还不认识她的时候，他看到她经过，他对她说："他妈的！我想把这朵好看的玫瑰种到我的花盆里。"

不对，不是那个。是另一件事儿，你就在这儿附近对我说的，在你爸爸种玉米的田里。

还能是什么？他曾对她许诺尽快结婚，但他做不到。

我知道你做不到。但你说的是另一件事儿。

那是个周日的下午，他先踢了足球，接着洗了个澡，然后在广场上和其他伙伴聊天，比赛打得怎么样？谁踢得好，谁踢得差？就在那时，她从旁边经过，他对自己说："今天我先放过她，对待家里的小鸡是不能穷追猛打的。"她看了他一眼，他按捺不住内心的激动，走上前去对她说："我的花园需要像你这样的花。"几天过去，她再次经过，这次轮到她对他说："我的花园同样也需要像你这样的花。"她是个未经世事的小女孩，不知道该如何表达内心的喜欢。他对她说："你要在哪里种那些花呢？"她答道："就在我家门前。"

他说："我不会那样。我会把它们种在我的心上。"类似这样的对话。

不是，你跟我说的是另一句话，我敢肯定你不记得了。

他确实不记得了。但他不会承认，如果她有所觉察……那会把一切都拆穿。

我会发现什么？

发现他配不上她。这她没必要知道。

什么叫配不上她？

就是脑子不好，记不住他曾说过的话，而这些话她又很喜欢。因为他不学习，脑子没有被很好地开发。他只记得她对他说过的话。

你现在来科科塔度假，这会让你回想起以前的事儿的。公园里响起了音乐声，正在放着大家点的歌。

他走向公园，在一个街区远的地方就能听见音乐声了。接着，他走进一家酒吧，点了杯最烈的酒，希望能止住颤抖的手。如果有人点《叶子》这首歌的话，他知道她一定在附近，在公园里。一个手持扩音器报歌的家伙，问那首歌是点给谁的，只问了首字母，但没有人回应。歌曲是送给某人的，送给穿黄色上衣的男孩子。但他穿着黑色的衬衫。无所谓，烈酒唤醒了他的勇气，他走出酒吧想要好好欣赏音乐，在里面什么也听不到。但他们好像换了歌曲，要么就是扩音器坏了，不，他们在换歌曲："叶落冬到……我的恋人在何处，他在哪里……他悄悄地走了，悄无声息……"他的牙齿咬得咯吱作响，他妈的他到底跟她说过什么？他得想起来。在别的地方，不是在玉米地里，他曾答应过她，如果她成为教师的话，学校为她办庆祝会时，他一定会去，他会对她说："谢谢你，如今成为了一名老师。"他会带着一份礼物，一份对他俩以后过日子都有用的东西，懂了吗？一件刻着他名字的有价值的东西。她也曾对他说过一样的话，希望他在电力领域和民用建筑方面有所成就，以后成为一名出色的建筑师，建造自己的房子，带花园和各种植物，最好是颗粒状墙面的白房子。为此，两人还大吵一架，因为她更喜欢光滑的墙面。他告诉她该如何搅拌墙粉，好让墙面呈现出更多的颗粒感，而她却说："不行，这样会招灰的。"他反驳道："怎么就不行，我更喜欢这样，打扫起来费点儿劲，但是我们男人更喜欢勤快的女人。"于是她说："混蛋，也许看起来还不错！"

她是个很性感的女人，懂吗？很喜欢性爱，毕竟女人分两类：一类是生而为家庭劳作付出，不是用来睡觉的；另一类既可以为家庭付出又可以被男人压在身下。他想表达的是，她是第二类女人。他的第一份工作在镇上，干得出色，广受好评，不是吗？他一边念书一边工作，他要学质量估算，比如每部分铁的含量，这些跟算数相关的东西，比如建造一栋房子需要的砖头数量、总重量多少。他现在终于想到了他之前对她说过的话了，他忘了曾一直对她说：“结婚的头几晚，我们各睡各的。”他不知道这是否就是她一直在问的话。而她却说：“不，不行，我想我们第一晚要睡在一起。”他说：“等我们结婚的那天，我们得分开睡。我想看看你会不会来找我，明白吗？”她不懂，他补充道：“第一晚你去旁边的屋子睡。”他这么说是为了看看她会不会主动来找他。会不会在晚上，在他睡下后，对他展现出心底的爱意：她来了，她安静地看着他睡去，轻轻地爱抚他。而他会一直不睡等着她，等到凌晨一点、两点，如果她还不来，他会继续耐心地等，直到天渐渐地亮了，他起身去工作。隔天，他出门工作，傍晚到家，他躺在离她很远的地方睡去，她会因为感到孤独而来主动找他，对吧？日子一天天过去，每晚如此，他都会躺在离她很远的地方，等她主动来找他，因为他没有必要主动。总会有一天她感觉到孤单而想要靠近，不是吗？管他什么法子。两个人的相处模式如同室友，他回到家，洗个澡，吃晚饭，各自回到自己的房间看谁忍不住先找对方，是他还是她，他曾发誓不会先找对方，得是她先找自己。只是为了看她是否心里有他，是否更积极，懂了吗？他每天都会给她带一件小礼物提升她心里的期待，两个人的距离会越来越近。她收到了那些小玩意儿，如玩具、随便什么东西，今天一个小香水瓶子，明天一个孩子的奶嘴，给他们以后孩子准备的，就是这种东西，改天一块香皂。“这是给孩子以后准备的礼物，你好好留着这块香皂，给孩子的。”隔些天，他又拿回来一件很大的上衣，就是这种类似的东西。他一到家就把衣服套在她身上，他先脱掉她的衣服，只剩下内衣内裤，然后把衣服穿到了她的身上，不会揉搓她的身体，也不会借此滚到一起，他需要跟她保持一定的距离，这是一场存在于两人之间的战争，通过彼此的试探让两人间爱情升温的把戏。他还向她承诺，如果真要开始，她将会看到他是一个年纪轻轻但身强力壮的男人，一晚上可以来个五六次。那时候他厉害着呢，不是吗？

从公园那边传来的音乐，能在酒吧门前听得一清二楚。他开始慢慢向那边走去，那首曲子是一个首字母什么的家伙送给一个穿着什么裙子的情人的，一曲结束，紧接着播放另一首，路上他碰到了前同事，对方告诉他自己有急事要做。音乐结束，他拐了个弯来到公园，映入眼帘的是小朋友们爱玩的滑梯和跷跷板，它们一直都在那里，未曾移动。耳边又响起了同一首歌，是之前播放过的曲子：“叶落冬到……我的恋人在何处，他在哪里……他悄悄地走了，悄无声息……就如同空中落叶般……”一定是她，他确定，是她让人又放了一遍那首曲子，他要去点一首歌曲来回应她，一首全然不同的曲子。“你没有听说过我……但我一直注视着你……时光流逝……思念依旧……我未曾忘记你……多少次我曾想归来……亲口告诉你，我对你的爱未曾改变……空气中流淌着寂静……距离让人崩溃……而你无所知晓。”他担心被人认出来，便没有向播曲子的那群人靠近，也免去了打招呼的麻烦，他只想知道她是不是在那儿。有人点了唱片，他透过街角向那边望去，他曾对她说过但现在不记得的话是什么来着？她有一次点了一首歌给他：“以首字母 M 小姐的名义，送给棕色长发、栗色眼睛、白皮肤，身着‘环游世界’字样的衬衫、黑裤子、脚踩黑鞋、手戴腕表的一位年轻小伙子。”在巴乌鲁他从电视上听到了一段他很喜欢的话，等他们见面，他要说给她听。他想让她做他理想中的妻子，就如同电视上讲的那样，是这样说的：“对我来说，妻子应该是这样的，她应该把丈夫当作自己的朋友，一个出色的朋友，懂吗？不要想着他是丈夫，不是吗？大家如同朋友般生活在同一个屋檐下，父子也应该如此，如同两个亲密友好的朋友，一切无须隐瞒，子受父教，告诉孩子事物的规律如此，解释世界在当下的演变。”在他那个年代，可不是那样的，需要跟所有人坦白，无论是谁，跟自己的妻子也好，跟孩子也好。父亲平等地对待妻子、孩子以及所有人，清楚了吗？坦然面对一切，毫无隐藏，他觉得这样事情会变得更清楚，不是吗？他妈的这个世界上，如果人在家不接受教育，之后不要指望在大街上接受教育。在两个街区远的地方仍旧能听见扩音器的声响，一位回应 W 首字母的年轻人点了一首曲子给身着蓝色波点绿裙子的小姐：“你没有听说过我……但我一直注视着你……时光流逝……思念依旧……我未曾忘记你……多少次我曾想归来……亲口告诉你，我对你的爱未曾改变……”

我本来也想告诉你件很重要的事儿，但是我忘了，我不记得是什么了。

他看了眼母亲。那天，母亲因为风湿感到不舒服，不是分娩带来的那种疼痛。他不知道该怎样哄母亲开心，母亲就那样看着他，他想对她说点儿重要的事情，想为她解决问题，但不知道该怎么开口。“哎呀，儿子，我不知道该怎么办！”那一刻，她的声音听起来不像是她自己的，而是一个快要死了的人在讲话，“你这么用心地修桑蒂西莫的房子，名字都起好了，周六周日你也待在家里，永远都在修修补补。”

在科科塔时，父亲总会抬头望天看是否有云，没有雨的话他就会很焦虑，眼睁睁地看着牧场因干涸而枯萎，植物和田间的种子一点点死去。父亲因此会很生气，不是吗？迁怒所有人：“狗娘养的，今年恐怕不会下雨了！”从那一刻起，他开始感到绝望。但要是下雨，对那些要去里约热内卢高楼大厦里上班的孩子们来说，通勤简直一团糟；但对于农场的人来说，则是喜事一桩，因为雨水会带来苹果、葡萄、香蕉、大米。父亲会吹起口哨，唱起歌，整个人容光焕发，充满希望。他抱着能在人群中看到她的想法，他想要告诉她跟他一起走，不要告诉任何人，早上一起搭乘第一班公交车离开这里，就算他确实不记得他曾对她说过什么让她念念不忘的话了，是什么来着？他不记得了，但如果能遇到她，他会对她说另一句她也很喜欢的话，他会说："长头发真漂亮！像金子一样闪闪发光的头发，我都不需要照镜子了，因为我用这干净透亮的镜子就能看见自己。"

有一天，在没人看到他们的时候，他们将她的头发在他的脖颈处绕了三四圈，然后系上。那天晚上，两个人就是那样，用她的和他的头发将两人捆在一起，折腾了一宿。那个时候的他还留着时髦的长发，两人的头发会时不时地缠在一起，就好似两个永远都不会分开的人。"……多少次我曾想归来……亲口告诉你，我对你的爱未曾改变……空气中流淌着寂静……距离让人崩溃……而你无所知晓……"他进到一家没去过、新开的超市买烟，不大但却很新。在尽头好像站着谁，于是他什么都没买就来到了街上。不一会儿后，她走了出来，是玛丽亚·达·歌莉娅，她好像手上拿着一袋白砂糖。他前去打招呼："你好吗？很高兴见到你！"她激动到一句话都说不出来，眼睛向下看着地面，随后拔腿向家跑去。可他什么都没说，他做错了吗？他应该拦住她然后再跟她多说点儿话吗？他不懂为什么会这样，但他放她这样回家了。在那之后就再也没见过她了。另一个周四，他又去了公园，她不在。那天他从马托格罗索返回家中，母亲问他是否看到玛丽亚·达·歌莉娅，他告诉了她实情："我在超市出口处碰到了她，我跟她打招呼，'你好吗？怎么样？'就这些话，她当时很激动，就站在那里，她在等我继续说话，但我打住了，没再坚持，我停在那里，她不知道该怎么办，我就走了。"早上在地里看见了父亲，他上前去给了他一个大大的拥抱，下午父亲洗了澡，穿好了衣服，但没来找他说话，母亲则坐在远处看着他们俩，对儿子浅浅地笑着。没多久，儿子看见父亲在一旁哭泣，但他不知所措，懂吗？能说什么呢？父亲过去剪了几枝对外售卖的玫瑰，走过来递给了儿子。通常来说，下午只剩父子两个人在家，父亲一边看着儿子一边哭泣，他变了很多。父亲听从医生的建议，已经不再酗酒了。父亲什么都没说，他是不是想起了以前用猎枪，或是更糟糕的，比如刀子，想捅死谁的场景了？当儿子出发前往马托格罗索那天，父亲又去剪了几枝玫瑰，他对待孩子的态度变了，他终于把他当作自己的儿子了。他什么都没说，只是静静地看着他，他的孩子现在已经是个能自食其力、善良诚实的男人了。

这些我都很清楚。所以，我一直在等你。

第十一章

孩子，你多久没去科科塔了？

他已经五年没回科科塔了。今天他去看望母亲，拿了一块自己喜欢的那种牛排和上好的肉末，一点肥肉都没有。他希望能借此忘却生活中的遗憾。他终于拿到了修理窗户的欠款，那个婊子拖欠许久才给他。但那不足以支付新的治疗费用，他很清楚没个一百扇窗户的修理费他甭想凑齐医药费。

没人问过我什么，你再怎么好好工作，那个镇上的人也见不得别人过得比自己好。他们可能会觉得你是靠踢球赚了这么多钱的，这会让他们感到生气。

他先回了家，母亲正想找他说话，他刚好又走了，去了院子，然后去了酒吧。他今天很疲惫，连澡都不想洗，早上六点出门前往科帕卡巴纳拿修理费，晚上十点才到家，身子要累散架了，整个人很难受，瘫在床上。他赶在科帕卡巴纳的肉店关门前买了块牛排，那儿的肉店一般八点关门。可是在公交车上他却睡不着。

我没注意到大米已经吃完了，一会儿饭就好了。要是没人叫你，你可别睡着，人是要吃饭的。我跟你说，那儿发生的好多事儿我还没告诉你呢。你总是把我哄睡着，要么你就去酒吧，你就不想跟我这个老太太说会儿话吗？我不会跟你说令人难过的事情，我知道你不喜欢听我抱怨。你那可怜的老父亲，表面上一副毫不在意的样子，也不打听你的事儿，但当我跟你的姐姐和妹妹聊天时，他又会待在一旁竖起耳朵。儿子永远都敬爱自己的父亲，就算从不说出口，对吧？这是血缘间的牵绊。你最好别去看他，他状态很糟糕，老得让人难以置信。人们都说因果报应。我还没跟你说完那个生病女孩的事儿，善良的人就不该死掉。奥尔加的祖母病得很重，我去看过她，她几乎已经不认人了。特蕾莎一直在照顾她，她儿子跟那个小黑人一样，兹尔玛没见过他吧？

他没理她，在装睡。她便闭了嘴，不再自言自语。

我们跟特蕾莎聊了很多，她在村里还有一个孩子，她生的女儿很白，但儿子像炭一样黑。可怜的特蕾莎不知道老太婆死了之后这房子会怎么样，她一直哭，可能要搬去和奥尔加的父母一起住。而且她也不会嫁给那个男人，对方年纪可不小了。她跟那个小黑人十五岁的时候就生了孩子，他自己都吃不上饭，哪有心思去管孩子？耐心点，一切都会好的。虽说我没多么地喜欢她，但我也打听了阿苏赛娜。没人知道她的消息，她父亲过世了，她搬去母亲那里，两个人去了别的地方，没再回来，无从知晓。而且，她不是因为羞愧才搬走的，不是因为怀孕了，不，她什么都没怀。特蕾莎总是说，她这辈子认识的最善良的两个人要数老太婆和阿苏赛娜。其中一个已经离开了村子，而老太婆也要去另一个世界了。她独自一人抚养着两个孩子。所有人都对阿苏赛娜有很好的印象，大家都称赞她是个不错的女孩，也许她确实是这样的，而我之前误会她了，我以为她就是那种很随便的女人，一整天都会缠着你的类型。这跟她以前做服务员没关系，她是个有教养的女人。女人不能总是这样四处招摇，对她自己没有好处。我告诉特蕾莎让她小心点，要是村里的那个男人时常找她的话，可能又会搞出孩子来，我劝她吃药，自己多注意点。特蕾莎现在已经和以前不一样了，看起来老了，她已经二十九了。至于奥尔加，我之前在村里远远地见过她。后来有天我去她家，近距离看到她，她跟我打了招呼。我本来害怕她过来跟我说话，怕她会突然发病，但她跟我打了招呼后便进屋了。她刚从学校回来，手里拿着书还有一些其他的东西。在奥尔加家里，他们告诉我玛丽亚·达·歌莉娅已经好很多了，病情已经好了一半，从去年起就返回学校继续上学去了。只是她不去舞会，或者说，以前不去。

他问了母亲一些无关紧要的事情，今年是不是比去年雨水多些，南瓜丰收的时候，父亲是不是要修缮屋顶。

他变了很多，你父亲和以前不一样了。他已经不再是一整天都要盯着天看，看看是否要下雨，有没有乌云聚集，以及月亮是不是带着水气。可怜的他整日辛苦劳作，虽动作缓慢，可他天还没亮就出门了。尽管他连一头奶牛也没有，我不知道他为什么要起得那么早。我跟他一起起床，我总是那群人中第一个到医院的。我坐在那里等医生来上班，尽管有时候对我们这些忍受风湿关节疼痛的病人来说，最难熬的要数坐着等候了。真让人难以承受啊！但当人在医院里，看见很多更糟糕的东西时，也就认命了。比如瘦骨嶙峋、面黄肌瘦的女人入院治疗，一看就知道所剩时日不多。一天早上，我看见她和学校的同学一起来医院。那个女孩比她要小许多，她告诉我她二十六岁，因为她中间耽误了好几年。我一开始以为她们是来干那什么的……我也不认识她们……就那个年轻的，还有其他一些晚到的女孩。我以为她们来陪她看病，治疗心理和神经方面的。可能是孩子母亲找来陪她的吧。不过后来她告诉我，那些都是学校的同学，学校要求她们来打疫苗。我看见她过来，跟她打了个招呼。上次在奥尔加家的小路旁看见她时，她还很恭敬地问候过我。所以，我能感到她很开心我这次跟她打了招呼。我坐在候诊区等医生，她走过来，我们说了会儿话。她还跟我贴面问候[①]，跟我说好久不见。我告诉她，我好几年前就过来桑蒂西莫这边了，还有你父亲想放弃农场的事儿。因为干旱，收成太差了，但他又不喜欢码头装卸工的活儿，甚至还不如在农场。后来，他想回去，但我得留下照顾孩子。那时候你还没结婚，至少你是这样说的。但其实你已经在教堂举行了婚礼，什么仪式都走了，虽说现在分开了。她听后定定地看了我一会儿，然后垂下了目光。我以为她想说些什么，但什么都没说。谁知道她想说什么。我告诉她你已经从塞斯帕离职，回来桑蒂西莫这边，看看能不能找到比当泥瓦匠更好的工作，挑战更有难度的事情，那种普通泥瓦匠所不能企及的。你还记得在科科塔上学时学到的手艺吧，你是一名合格的泥瓦匠，你会比一般泥瓦匠做得更好。甚至你可以胜任工地监工的活儿，再找个助手帮忙，一定没问题的！但那是很辛苦的工作，要通勤两小时才能到达施工场所，就是有活干的地方，尤其是里约最好的那片区域。然后，她问我怎么了，为什么出现在医院。说我看起来挺健康的，胖一点是健康的标志，类似这样的一些话。于是，我跟她说，我过来看看能不

① 拉丁语国家中日常社交的贴面礼。有些国家的人会亲吻脸颊，有的国家只会模拟亲吻的声音，以此作为熟识人之间打招呼的方式。

能换个不那么贵的地方治疗风湿。医生劝我不要干太多的活，多休息，所以我在想是不是要回科科塔，这样我的大女儿可以照顾我，哪怕她自己还有一堆孩子要养。但我没告诉她，如果实在没别的办法，我们可能要卖房子的事。这件事我谁都没告诉，因为光是想想就很难受。她告诉我如果我搬回科科塔，可以找一天去找她，就算我已经不再在奥尔加家中做活了，但我还可以去她家坐坐。我没答应，因为她母亲不会高兴的。我从来没有在外面干过活，直到实在没有办法了，那些年我才在奥尔加家中当仆人[1]。我很清楚自己的位置，我不喜欢去那种大家彼此感到别扭的地方拜访，更何况我之前是对门家的女佣。她说她知道我们家里从来没有人当过用人，但生活就是这样，需要干活维持生计。她也很清楚生活会教会一个人不要那么骄傲，类似这样的道理。我感到很欣慰，我问她在医院干什么。她跟我说来打疫苗，今年她正式成为一名教师，她有点不太好意思跟年轻人在一起，那种小十岁的，因为她之前休学了好几年，但现在都好了。我问她，像她这么漂亮的小姑娘，为什么不出来玩，我记得奥尔加的母亲曾对我说，她不去舞会了，每周四也不去公园了。玛丽亚·达·歌莉娅稍微笑了笑，没有回答我的问题，

---

① 在拉美，从社会经济的角度看，中上阶层家庭（包括小康家庭在内）雇佣保姆是很普遍的，甚至被视为生活质量的象征。雇主家庭和保姆看似关系亲近，但仍带有一定阶级色彩。

随口说的那几句是留给我自己琢磨的。那一刻，我本想对她身上发生的事表达歉意，镇上的所有人都对你有意见，大家都觉得你是所有事件的始作俑者，问题的根源，所以她才会神经出了问题，尽管很多人也为此将责任推给她的父母，毕竟她父母从不赞成你们两个偷偷交往。我本想告诉她，这也是为什么我没让你俩那天晚上进农场的仓库，因为我很清楚她的父母不喜欢你，你年纪小，还不知道人生的路接下来该往哪里走。

他问母亲看没看见他的烟，他找不到了，而且他也记不清是不是把烟忘在了工地，不是吗？他的感冒已经好了，要是母亲把烟藏起来了，现在也应该还给他，抽一两支烟又不会有损健康，懂吗？

我什么都没拿你的，你总是这么说。上次你发烧的时候，我给你藏了起来，但我现在没藏你任何东西。你父亲也在抽烟，我已经懒得跟他说这对健康不好。告诉你个事儿，他们让我问候你。你父亲告诉我，马蒂亚斯回来了，他还问你父亲："约瑟玛呢？约瑟玛在干什么？"马蒂亚斯是学农学的，和玛丽亚·达·歌莉娅的兄弟一样，他们都在农场帮忙，农场主让他们看看排水槽为什么总是没水之类的事情。我在医院没好意思问玛丽亚·达·歌莉娅什么事情，奥尔加和她母亲告诉我已经有人知道了，但还不想太多人知晓。其实，马蒂亚斯在休假的时候来过，他现在住在米纳斯吉拉斯州，他在那儿工作，就在那面成片成片的玉米田里。马蒂亚斯只能在放假的时候回科科塔，因为工作原因。就是这些事儿。

他问母亲是谁在打听他。

马蒂亚斯，他问你父亲，约瑟玛怎么样？他在干什么呢？他记忆力很不错，对你有很好的印象，这些呀那些呀，足球方面没人能比得过你。这些事都是发自内心说的。

他问了母亲一些事情，他已经很累了，瘫在床上，目光盯着天花板，眼睛有点疼，一整天都在处理马赛克瓷砖，他不再看向墙面，母亲点燃了灶台旁的电灯，想要热锅处理牛排。他翻了个身，又问了母亲一个问题，马蒂亚斯结没结婚，还是说他马上要结婚了。

马蒂亚斯没有其他的女朋友，好像是真的没有。奥尔加的母亲说，他是个很不错的小伙子，蓄着胡须，没以前那么胖了。玛丽亚·达·歌莉娅的母亲并没有对外透露这些事，但她对奥尔加的母亲很信任，所以告诉了她。她说马蒂亚斯刚回来的时候，已经和玛丽亚·达·歌莉娅很多年都没见了，他们以前曾住在同一个屋檐下，他是他们家一个好友的儿子，那人守寡后，马蒂亚斯在科科塔住过一段时间。可后来他去学农学后，就离开了这里，假期也不回来。这次回来，他看到玛丽亚·达·歌莉娅状态好了很多，又重返了学校，便开始经常陪她聊天，跟她待在一起，因为她自己一个人哪儿也不想去，不是吗？有一天，两人去乡下散步，大家都很信任他，把他当作家里的孩子，父母们也乐于见到她重新开始收集小鸟，她曾在笼子里养了很多的鸟，生病之后就不再管它们了。有人说她把那些鸟都放生了，可奥尔加告诉我，并不是那样，她送了一些给她，因为那些鸟代表着不好的回忆，让她很难受，她并不想记起那些事情来。但也有人讲了另一个版本的故事。特蕾莎告诉我，她发誓说，她看见玛丽亚·达·歌莉娅将小鸟从笼子中抓了出来，用手捏死了它们，还能听到嘎吱嘎吱的响声，然后她把小鸟的骨头抽了出来。我不信她说的，她不喜欢她，她可是阿苏赛娜的好朋友，懂吗？她的话不用信，她可是另一伙的。马蒂亚斯也带她去了周四放歌曲的那个公园，她的面色好多了，没那么虚弱。奥尔加的母亲说，这几年她一直都精神不太好，晚上没办法好好休息。歌莉娅很久都没去舞会了，这天她穿了件新的裙子，重新踏足了舞池。

他问了母亲件事，然后告诉她不用专门给他煎牛排，也给自己做点吃的，不用管他，为什么呢？因为他一点儿都不饿，他一会儿要去酒吧。他问她，那个女孩穿的新裙子是什么颜色的。

她没告诉我，或者是我不记得了。但是家人都在劝她，好像马蒂亚斯说服了她。于是她去了。现在的情况是，玛丽亚·达·歌莉娅原本在学校已经有一份工作在等着她了，一旦拿到教资，就可以去教低年级的孩子们。她看起来很有耐心，这也是她自己以前想做的。学校给她保留了岗位，其他的那些被更早一两年招进去的女孩则在抱怨自己仍没有岗。这是特蕾莎告诉我的，有个出身贫寒的女孩也是一两年前被招进去的，但后来被分配到一个特别远的地方当老师，大概三小时的路程，在乡下中部地区。她并不在意，因为她本就是在乡下土生土长的孩子。但她得和另一个女孩子生活在离家二百公里远的那间学校。不过，后来她得知，就在科科塔还有一个教师岗，等老教师今年退休后专门留给歌莉娅的。她经历了如此多的困难走到这一步，那岗位本应该是她的。结果是，这个乡下的女孩，我不知道你还能不能想起她来，你在那儿时她还很小，是帕斯夸尔·贡萨尔维斯的女儿，在她得知或许歌莉娅不会在科科塔当老师后，她便想在签雇佣合同去乡下之前确认这个消息，她想知道歌莉娅到底会不会接受这个职位。我跟你说的这个女孩，那次本应该是她轮到那个岗的，要不是因为歌莉娅，按顺序她会被推选到那儿。只是歌莉娅有人推荐，而且她的家人就在镇上，再加上其他那些原因，你也都知道了。反正最终，就我跟你说的这个女孩，叫雷吉娜，雷吉娜·贡萨尔维斯，成功分到了这儿的岗位，因为歌莉娅不想来，奥尔加的母亲和奥尔加都说，马蒂亚斯已经向她求婚了，但她们不想告诉别人，以免到时候再一次流言蜚语满天飞。我不懂，我不喜欢那种虚伪的人，但经历了这些事儿，我改变了想法，我觉得像奥尔加是对的。歌莉娅，她是真的爱你，问题不在于她，而在于她的家庭。

奥尔加一直都在替你说话，她并不是每天都来看望自己的母亲，她的母亲总是为此抱怨，她们住得很近，而且奥尔加的丈夫还有车，可她连每天下午过来问候一下都不愿意。奥尔加一直都这样，很懒，在家带她那两个双胞胎，她哪儿都不想去。大家都说她家装修得很现代，我再也没去过，我不知道你还能不能记起，你父亲是多么不希望我们靠近那栋房子。多好看的房子啊！奥尔加完全有理由一直待在家里，跟她的孩子和丈夫在一起。但不去看看她的母亲，终究还是有些自私。奥尔加的母亲说，每当傍晚时分她都会独自难过，看着重病的婆婆也不知道她什么时候会离开人间。我告诉她，把特蕾莎接回家吧，但奥尔加的母亲说，她不想看见那个家伙。特蕾莎心里还有他，再给他生了个儿子之后，他一分钱都没给过孩子，即便这样，她心里还是有他。当然，特蕾莎谁都没说，但人们看见那个家伙晚上在她家房子附近鬼鬼祟祟。特蕾莎自己告诉我，她确实还在见他，因为她还爱着他。我敢肯定，阿苏赛娜最后的结局应该也是这样，但没人知道她在哪儿。当她离开镇子的时候，肚子也没大起来，什么都看不出来。奥尔加的母亲一直是这样，有点自私，她不关心特蕾莎，奥尔加和她母亲一模一样。婆婆倒是个很好的女人，我觉得她应该已经过世了。因为上周我过来之前，我看见她和神父在一起，可怜的女人，她人真的很好，大家都很喜欢她。奥尔加更像她母亲，而不是她父亲那面的家人，她是个很不错的姑娘，我一直很喜欢她，也许是因为我看着她长大的，不管是谁在一个家里工作那么多年，都会了解那栋房子发生的所有事情，哪怕是那些藏得很深的秘密。她让我千万不要告诉你这些，但我觉得最好还是让你知道，一直都有人在关心着你。有一天，奥尔加去她母亲那儿，而我那天是去给她们做饭的，是奥尔加的母亲让我去的。她要陪婆婆，就是神父来的那天。本来奥尔加也该一起去，但最后一刻她留下跟我在一起，她不想跟那些小孩子一起去一个临终人的家里，孩子会吵闹。我觉得是她不想眼睁睁地看着自己的祖母死去，一个曾对她很好的女人。我们两个人待在屋里，孩子在院子里玩。奥尔加不让我告诉你，她告诉我是想让我知道我有一个很好的儿子。然后她便滔滔不绝地说了起来。我早就知道了，谁不知道呢。她是那个年幼时爱慕你的人，但那都是小孩子时期的事情了。不过她从小就古灵精怪的，看起来比她的实际年龄要大些，发育得也要比任何一个女孩都要好。她告诉我作为一个女人她还爱着你，也是为此，她才鼓起勇气告诉我，她一直都觉得你是个好看的男孩，现在仍是。我告诉她，你一直都是这样，保养得很好，胡子修剪得整洁。不过，当一个女孩到了发育的年龄，会大变样，失去理智，要是爱上了什么男人，母亲又不盯着的话，可能会做出一些傻事来。就因为这事儿，我从不让你的姐妹们在十五六岁的时候独自去任何地方，她们脑子里想的是别的事儿。奥尔加还告诉我，你跟歌莉娅谈情说爱的时候，她曾经偷偷看了好几个小时。歌莉娅的父亲回来得晚，而她的母亲又总是放任你们想干什么就干什么，只要你俩人在花园里而不是在街上，别被人看见就行。但即便如此，在镇上大家也都知道你俩在一起了，因为你们在舞会上一直在一起跳舞，虽说是她母亲送她过去的。奥尔加一直在偷偷地观察着你俩，她快嫉妒死了。她说，有一天，你们和她的兄弟在一起丢枕头玩，忽然大家都把枕头砸向你。但你更强壮些，年龄也大些。混乱中她亲吻了你的嘴巴。你在那个家有足够的信任使你能够随心所欲，那是栋很大的房子，有很多地方可以藏身，她又总是不断地勾引你到果树后面去。我给你做好饭，你放学之后过来跟他们一起吃午饭，然后你们一起去另一个地方补习，等你回来时，天都黑了，我洗好盘子，你跟我一起回家。你从不正眼看她，但你很尊重他们家。我觉得可能因为你的眼里只有对面那位，而且你当时还和另一个好吃懒做的在一起，阿苏赛娜，那个不要脸的女人。都别在我面前替她说好话，特蕾莎把你们干的事儿都告诉我了。但奥尔加说的话着实让我惊讶，我不知道她哪里来的勇气告诉我那些事，奥尔加是个很有个性的小姑娘。事情是这样的，她说有天晚上，就是你不辞而别的头一天晚上，她像往常一样偷看你俩约会，突然听见歌莉娅在哭，于是她没再继续偷看，而是出了门，穿过了街，她躲在灌木栅栏的后面想听你们在说什么。她到的时候，你正从歌莉娅家里出来，你们刚吵完架分手了。每次你离开的时候，歌莉娅都会爬上阳台目送你到转角处，或者看你走进奥尔加家，那儿有给你准备好的晚饭。但那天晚上歌莉娅很生气，她直接进了家门。而奥尔加藏在几株植物的后面喊你。你没进她家的门，她让你躲进那几株植物间，从那儿弄破铁丝网进去，她说她想跟你说会儿话。你当时很难过，又很紧张，奥尔加告诉我，你的手都在颤，差点说不出话来。现在我都有点儿不太好意思继续接着讲了，虽说对母亲来说没必要跟自己的儿子不好意思，那可是自己身上掉下来的肉。然后发生的事儿，你应该比谁都清楚，她开始想要抚摸你。在花园的深处，她脱下了自己的内裤，给你让你闻上面的味道，她一直都在喷她母亲的香水，想着有一天你会感觉到那香水有多好闻。你在那儿站着，她扒下了你的裤子，就像你小时候要上厕所时，我帮你脱裤子那样。她有些害怕开始发抖，因为那是她第一次趴在男人身上。你告诉她这样不好，你不想继续。因此可以说，你彻底挽救了她的贞洁。要不是你，她现在根本无法坐拥享有的一切。她说，她从未注意过自己的丈夫，因为他的年纪跟她差不多，只比她大一两岁，最多两岁，在她眼里他就是个小孩。她喜欢那种高大强壮的男人，但她知道他是有钱人家的儿子，他父亲比她的父亲还要有钱，他是那片好几家农场主的公子。我们一直都说那位先生是很好的人，很可惜你父亲因为流言蜚语不喜欢他。当这个小伙子年纪渐长后，她越来越喜欢他了。奥尔加说，因为他跟你长得很像，因此她开始注意到他。我告诉她，漂亮的男孩子都长得差不多，奥尔加也这样认为。她现在已经是位夫人了，但对我来说，她一直都和以前一样是个孩子，世界上最调皮的孩子，比我的孩子还要不听话。但我现在看她，她完完全全是位生活在那么奢华大房子里的一位贵妇，三十多年了，我没再踏足过那里，上次去还是农场主母亲过世时，我们给她带了一篮子桃子，她很喜欢那种杏儿般的小桃子。农场主仍自己一个人，你父亲嫉妒得不行。奥尔加什么都不缺，你想象不到她那两个孩子有多可爱。她拥抱了我，对我说她很亏欠你，因为如果那晚你顺势而为，不仅会把你置于尴尬的境地，而且她的人生想必那晚也就结束了，就像那些在世上犯了大错的女人一样。然而，那晚才是她新生活的开始。奥尔加告诉我，在那晚之前，她还是个调皮、不知羞耻的女孩，但感谢你对她的尊重，那晚让她成为一个女人。

他想跟母亲说，他要出门去买包烟，然后去酒吧待会儿，他一点儿都不饿，不打算吃晚饭。运气总是眷顾那些配得上的人。今天下午，位于科帕卡巴纳那边公寓的人终于给他结清了那扇该死的窗户，他要去喝杯啤酒，顺便请那边的几个懒汉喝一杯。他敢肯定，那几个人在那边干着嗓子玩色子呢。那几个家伙穷得要命，连买杯像样的酒的钱都没有。

第十二章

他不需要签什么文件，因为一切都在母亲的名下。他也用不着请假，他什么都懂，也不抱怨。母亲自己去了公证处，回来后告诉他，是他儿子的母亲陪她去的。她来看望他的母亲，母亲请她陪自己去签署房屋售卖合同，因为她的眼镜度数不够了，虽然识字，但这副眼镜让她看不清字，母亲不会写字，但会签自己的名字。她自己保管了支票，谁也拿不走，她自己会把它带到科科塔，放在那儿的银行里，这样治疗需要的费用她就可以边取边用。他的姐姐和妹妹会在那儿照顾她，就这些事儿，有什么好抱怨的，他每天早上还要出门干活，她自己在家，万一再出点儿什么事儿。再说了，一个月的时间足够他在附近找个落脚的地方。真的太糟糕了，但那不是他的错，他一直在干活，印象中一天都没闲着。

孩子，你睡了吗？……我不太舒服，腰一直疼，不行了……是不是不能再吃药了？对身体不好。

母亲本不想卖房子，而他却说："您啊，要是那么愿意操心，那您就操心吧，那是您自己的问题，不是我的问题；您已经病了，把房子卖了吧，拿着那笔钱好好调养身体，生活还是要继续的。"在他住的那条街上，有一块土地正在降价出售，他们说那块地在桑蒂西莫可值二十五万、三十万克鲁塞罗，懂吗？但必须是现金。是笔很划算的买卖，这样他就不用一辈子交房租了，什么？难道还想租一辈子？这事儿太让人难受了。人就是这么疯的，明白吗？他的脑子一团乱，他手里没钱，更别提搞他妈的什么分期支付。他要是买了地，就还要盖房子，懂吗？要是能有个朋友在身边，一定会劝他买下，毕竟价格还不错。要是有个能借他钱的真正的朋友，不要让他错失那次机会该多好，对吧？他原本仅有的一点东西就数那栋房子了，现在他要失去它了，什么？他本来就已经失去它了啊！要知道，在七七年时，他手里那点钱可是抓得死死的，绝不让它从手里溜走。可后来出了那场手术，母亲需要治疗，他不想冒风险让母亲去免费的公立医院，还不如花钱保命。母亲注意到他这几天到家后的状态和以前不尽相同，整个人都变了，不想说话，也不想开玩笑。家里只有一间房，厨房就在旁边。他和父亲又搭了一个房间和卫生间。上个周日，他接了一根管子把街上的水引进家里。父亲为此支付了一千五百块钱，而现在这点钱只值一千五百分，真他妈的见鬼了。

今天我几乎什么都没干，我的老天爷，一整天还算平静。为什么我要受这份罪？我宁愿死掉也不想忍受这一切。

想象一下，一个原本有车的人，但他得忍痛卖掉它，这个人还很喜欢车，而他只剩车可以卖了，因为他手里已经没有可以用来吃饭和喝水的钱了。母亲那边的诊疗费用又非常贵，需要做化验、检查，还有别的，总之一切都很贵，医生收费更贵，免费医院又不行，治不了病的。他让她把照片留给他，但要是她忘了，把照片带走，那就算了，他也不会去求她。玛丽亚·达·歌莉娅从未见过那张照片，是他母亲小时候，大概八岁时的一张彩色明信片，不是他母亲的照片，那时家里很穷，在乡下没有条件照相，那是一张买来的明信片。但有一天他母亲看到后，从别人那儿买了下来，她觉得上面的人很像她小时候。他问她要过那张照片，如果母亲还问他想要什么留作纪念，他不会再说了。她记得就记得，没有的话，就算了吧，没什么可烦的。

这药一点作用都没有。你今晚为什么这么安静？

他和玛丽亚·达·歌莉娅两人谈恋爱时，她总问他各种问题："在你住的农场那儿，最让你生气的是什么？"他告诉她是带刺的植物，如果谁从那儿经过，心不在焉，很可能会被扎伤。她还会问：“那农场里你最喜欢最想念的是什么？”他说是一株植物，你可以在它下面睡觉，蝰蛇因为气味的缘故不会来袭击你，那株植物闻起来很香。要是玛丽亚·达·歌莉娅问他，桑蒂西莫那个家里最让他感到厌烦的是什么，他会陷入沉思，不知道该怎样回答。还有一次，她问他在奥尔加祖母那儿最让他感到烦躁的是什么。她虽然没有明说，但心里清楚，她知道他每天晚上都在那里和阿苏赛娜鬼混。他告诉她，最让他生气的要数窗户上的一颗钉子，她不清楚为什么是它，他也没告诉她原因。因为上次他爬窗进屋的时候，裤子被那颗钉子钩住，结果给扯破了。农场主家的那栋大房子里，他最喜欢的要数足球场了。他小的时候，每次从他父亲那儿逃出来，经过那附近时，农场主看到他都会对他说：“我们踢一会儿球呀？我教你如何带球过人。”这个那个的。他学会了，长大后，他是踢得最好的那个，大家都问他：“你这些带球技巧在哪儿学的？”奥尔加那儿他最喜欢的是厨房，那里烹饪出了很多他喜欢的美味牛排。歌莉娅家最让他生气的是那棵树，每次他们谈恋爱时会倚靠的那棵，分开前的最后一晚他们还在那儿。

感谢老天爷，可算不疼了。你睡吧，我可能一会儿也睡了。

他怎么都睡不着，翻来覆去，不停地换姿势。今天比赛打得很差，心思根本不在这个上面，连球都没有带好，对吧？

明天是周一，又得早起，你快睡吧。

明天上班的车票钱他都拿不出来了。母亲要是见他这样，会从钱包里拿钱给他的，真是可怜！他可是一天都没闲着，结果还是这么倒霉！！今晚他睡不着还有个原因是他心里有事，像个拳头一样压得他喘不过气来。

孩子，你怎么了？为什么翻来覆去的？为什么不休息呢？晚上不养足精神的话，白天没有力气干活。

他没有理会母亲的话，也不打算回答她，一旦两人开始对话，他可能会控制不住地说出来一些混账话。

我知道你在想什么，你永远也不会原谅我卖了那栋房子，让你一无所有，尽管那不是我的错……我心里也很难受，那比任何一种疾病都要糟糕……

他妈的！老婊子！狗娘养的老不死的！都是你的错，猥琐的老女人。那天晚上，她都要进屋后的仓库了，她爱我，她那晚都已经下定决心了，我差点儿就得到她了，我本来要让她怀上，彻底怀上！那原本是我的计划！生米煮成熟饭后，她的父母便再也不能说些什么。但那天你吓到她了，她反悔了，你没注意到吗？你让她感觉她就像个婊子一样，那天她本要给我我应得的，但那之后我再也没能成功说服她。她开始对我说，母亲告诉她我就是个她年轻时用来玩玩的小男友，不要认真。但她现在长大了，她要考虑她的未来，如果她的父亲得知每晚我们都黏在一起谈恋爱的话，他会不会生气？我后来对她说，如果她因为我穷不爱我的话，那我们最好一刀两断。但她却说不，不，她还爱我。有天晚上我去找她。你这个老婊子，你在听我说话吗？她垂头丧气地看着地板，告诉我，她的母亲不让他们继续见面了，否则会告诉她的父亲，所以他们结束了，不是吗？她说，倒不是因为我穷，也不是因为我是对门家女佣的儿子，问题是我整天无所事事，不帮我爸干活。可我心里想，那算是个什么父亲。我每天上午去泥瓦匠技工学校上课，下午在那里无所事事，四处宣扬自己是球踢得最好的运动员，事实也是如此，这有什么错吗？到了晚上，又说我去勾搭女人，对吧？所有人都知道我和阿苏赛娜的事儿，都怨您到处跟人说那事儿，您就不能把嘴闭上吗？啊？老不死的！怎么不赶紧死掉，不是总说身体难受还不如死了的好吗？就因为您，大家都在说我是个不要脸的小人，阿苏赛娜名声被永远地毁掉。歌莉娅的母亲好像很后悔曾经那么相信我，她告诉我那是她母亲说的。我作为仆人的儿子，利用自己在奥尔加家取得的信任，自由进出她的家门，而她看到我可以进出她家后，也让我自由进出歌莉娅的家，但现在不可以了，清楚了吗？如果她再看见我和她在一起，就会告诉她的父亲。那都是你的杰作，你这个肮脏的老妇人！就是那时，他告诉歌莉娅他要和她睡觉。而她对他说，他不能这样下去，需要变得更好才行，帮父亲在地里干活，等她大一点儿的时候，她会跟他结婚。她还说，他们俩要有点儿耐心，要会等待，分开才是对爱情的考验。他当时狠狠地给了她一巴掌，这就是该对你们这些婊子和叛徒该做的事。她还能怎么样呢？她放声痛哭，她告诉他，她再也不想见到他了，她一边哭一边说，她还爱他，但他却不爱她了。他离开了，他本可以转身睡了在那边等他的奥尔加，但是他没有碰她，他不知道为什么。一切都不顺利，该死的贱女人，比土著妓女还下贱！

孩子……你要是醒了的话……不好意思……我之前放在那儿的药片……我腰疼得快要断了，我站不起来了。

她腰疼得快断了，她快站不起来了。所以她让他帮个忙，帮她拿一下，她的女儿们都不在，他得去扶她……不是吗？母亲很清楚他不是个不要脸的小人，对吧？奥尔加什么都对她说了。她病了，得让她早日康复，她现在有很多的问题，而他是个男人，清楚了吗？他会证明给所有人看，他既不是个不要脸的人也不是个贪图便宜的小人，懂了吗？

谢谢……你是不是梦到了什么不好的东西？我看见你在床上辗转反侧，很紧张的样子。我不清楚怎么回事。

农场主有天对他说：“还是个小朋友，就有这么好的腿脚了，不踢足球可惜了。”他要是有钱买车票的话，他早就去科科塔，问农场主借点儿钱来买块地，他会说：“您能不能借我点儿钱买块地呢？虽说我不知道该怎么还给您，但要是老天有眼的话，我每个月都会买彩票试试。”农场主肯定会借钱给他的，但问题是他连明天上班的车票钱都没有。今天下午打完比赛他多喝了几瓶啤酒，对吧？现在，他只能从母亲那儿要点儿钱了。

你怎么还不睡觉呢？孩子是不是闹你了？

孩子的母亲今天又来了，算是周日的一次特别探望，他当时正要出门去打比赛。差不多下午三点的时候，她来了。他当天晚上十一点才回家。他回来的时候，她已经走了。她来跟他的母亲聊天。他说：“跟你说下，我要去打一场很重要的比赛。”她转过身来看了看他说：“到今天为止，你一直都在打比赛。踢球很危险的，你明天还要上班，要是受伤的话，你就不能工作了。”她总是老生常谈，而他回复道：“确实危险，但我喜欢踢足球。”随后，他出门去打比赛，晚上十一点才回来。踢完比赛，他和其他人去聊天，谈论比赛及队伍的表现。今天他们踢得很出色，七比三，他进了两个球，和往常一样，没有哪次比赛他是不进球的。而她却在那里说一些让他不痛快的话，她总是这样没事找事。“就打个比赛，我也不知道有多少……你看不见你有访客吗？你儿子来了。”他抱了抱孩子，亲吻了他们，孩子们会向他索要糖果，等他踢完球回来再给，跟以前一样还是老一套，你明白是怎么回事了吧？她后来又整这一出，说自己赚了九千个克鲁塞罗，而房租就要五千块，对吧？然后再付六百块的水电和下水道排污费，基本上什么都不剩了。他们得靠他给孩子们的那四千块伙食费度日。他需要承担起这部分开支，这是合理的，不是吗？一个父亲就应该有父亲的样儿，如果不这样，那说不通。事实也是如此。要是他手里有钱，没问题，他会给他们买块地，然后建一栋小房子，他知道怎么盖房子。但攒钱很难。

你要是睡不着的话，你可以开灯，我没事的。

他告诉母亲他没事，他很好，他只是不困，没别的，对吧？他起床，穿上了裤子，来到院子里。家里最让他生气的就是那个栅栏，它挡在那儿，当他疲惫不堪回到家时，还要在那儿跟它纠缠。家里他最喜欢的要数那些植物了，比如之前还很矮的芒果树，还有香蕉树。还有天上闪闪发光的月亮。当他十二三岁的时候，时常在田野里仰望夜空，脑子里翻滚着各种对于未来的憧憬。思考那些没必要的蠢事，也做了很多不该做的事情。当人望天的时候，会想起各种各样的事情，想起自己的女朋友们，想起年轻时候的事儿，想起以前发生的一切，想起自己的一生。也会想起自己的计划。他曾想拥有一辆车，但未曾实现，真他妈的倒霉；另一个愿望是想要长个儿，衣着得体，成为事业有成、奋斗型、不断成长的男人。还要赚很多的钱。他什么都没实现，不是吗？但长身高，他确实如愿了。这就是当人类看向月亮时会想到的事情。他喜欢凝视天空和那些星星，因为很漂亮，在田野里看会更漂亮。在田野里欣赏夜空是最美的，辽阔的原野，看不到路灯，便不会摧毁那片宁静。人们向上看去，会看到真正美丽的天空。如果他母亲睡着了，不再抱怨，在这儿的院子里是听不到任何声响的，不是吗？明天他会拿点钱去上班，就这样。病痛还是不及死亡，死亡才是最糟糕的。死亡是件很糟糕的，最可怕的存在。他不想死，一个人死了就意味着一切都结束了，留下那些女人在那儿，留下了他的朋友们，还有一起工作的同事，还有那些年轻人们。大多数情况下，人们会把死掉的人遗忘。假设一个人有个很要好的朋友，死掉后，人们会怀念他一段时间而后渐渐忘了他，就像罗杰，他被蛇咬后死掉了，他悼念了他一段时间，而现在已经有好几年都没有再想起罗杰了。一个朋友去世了，人们会结交新的朋友，然后慢慢遗忘，这就是死亡。死亡是最糟糕的事情，因为一个人死去后，世人终究会把他遗忘。

约瑟玛！儿子……你别着凉了。你怎么什么都没穿就出来了？来，我们进屋吧，外面太冷了。我睡了一会儿，没那么难受了……但我又醒了，冥冥之中可能是想让我跟你说点儿事儿。今晚我的腰实在是太疼了，这让我想起我生你时的感觉。我想起了第一次见到你时的事儿。当你刚出生的时候，我就在想，没什么特别的原因，我就是会疼爱你远多过其他的孩子，我也不知道为什么。后来随着时间的推移，我意识到那是不对的，得一碗水端平。但后来你长大点儿后，我感觉到跟家里其他孩子相比，你更喜欢我。每当我分发些东西的时候，孩子们都会很喜欢我；但如果我什么都不给他们的话，他们就没那么爱我了。但约瑟玛不这样，我觉得，就算我没给他什么，他还是会一如既往地爱我，没有什么特别的原因。日子一天天过去，没什么改变。今晚，我就在想，这些可怜的孩子，如果我不为他们付出些什么的话，他们就不那么爱我了，因为他们那些可怜人总是有某种需求要满足，因为他们一无所有。而约瑟玛却是到哪里都备受喜爱，因为他长得俊俏，也不会四处向他人索要东西，他什么都有，他还赢得了女人们的欢心，有的大胆露骨，有的矜持内敛。所以，他能够无条件地爱我，不问我索要任何东西。他虽然没什么钱，但他拥有很多其他的东西，而那些东西令他富足。

尾　声

他今早差点没起来，昨晚没怎么睡，但坐在这辆前往里约的该死的车上一刻也别想打盹儿。幸运的是，这周那间该死的厕所终于完工了，他再也不用去处理那些烦人的马赛克瓷砖了，就只剩下那面要挂的镜子了。他现在至少有时间可以好好看看自己，刮个胡子，他就连这些事儿都没有时间，每天处理那么多的工作和糟心的问题，他都不记得自己的样子了。他要是坐在车窗边，说不定还能看看玻璃中自己的影子。他有时都忘了自己脸长什么样子了。

你上次见到我是什么时候？

他最后一次见到她是十年前，或是八年前。在那之后，总是远远地看着。那次是在里约热内卢州的科科塔。在广场上，教堂旁边，对吧？她跑去见他，那是他们之前约好的。

具体怎么来着？他们从那里出发去了市内的夜店，整晚都在那里跳舞。她还做什么来着？他们俩待到凌晨两点半，然后两人去了旅馆干点儿他们自己的事儿，明白吗？就那天晚上。

难道没人注意一个十五岁的小女孩去了旅馆？

当时夜店里人很多，镇子不是很大，有六千人，住了六千位居民。十五岁女孩儿可以去旅馆，但不是那个镇上的旅馆，而是附近村子的，懂吗？他们俩到了之后先去喝了点啤酒吃了点儿东西。他俩开车去的，当时他有辆福特翼虎。

什么样的舞会？

跳的是罗伯托·卡洛斯的曲子，一整晚都是。有游泳池和瀑布。踩着石头可以爬到瀑布上面去，瀑布里面满是石头，钻进树林里，到热带雨林就在那里。

我问的是舞会，那天晚上的舞会。

酒吧里挤满了人，得有三四千人。他俩认识很多人，即便这样，他们也有时间抽身离开。在舞会上，他们很开心也很幸福。

我们当时在舞会上说了什么？

没什么特别的，他们两个人说了些甜言蜜语，就是谈恋爱呀。抚摸、亲吻……他一遍又一遍地撺掇她离开酒吧，因为在此之前两个人一直没机会去旅店，她太小了，还是个处女，明白吗？后来她喝了几杯酒，两个人就去开了房。

你回来的那几次，是不是远远地看到我了？

那次他是回来了，好像看到她了，她想要靠近他，但他躲得远远的，对吧？尽管后来他又来了一次，想看看能不能以一种假装漫不经心的样子对她说一些温柔的话，懂吗？只是为了缓解一下她的精神问题，因为她一直精神状态不佳，所有人都这么说。他们在一起的最后一个晚上，他记得在酒吧里发生的每一个细节。她穿着一条新的绿色裙子，他也毫不差劲，穿了一条Lee牌的牛仔裤和一件印有“环游世界”字样的衬衫。那件衬衫非常漂亮，但由于价格的原因，没几个人有，懂吗？

你很久都没有想起我了，现在很幸运你又重新记起我来了。

后来两个人从酒吧出来了。因为那天晚上，她感觉到他是真的想要离开了，也就是那个时候她交出了自己，想借此捆住他。“你不会离开吧，你会跟我在一起的。对吧？”他回道，不啊，他会走，这不是明摆着的吗？反正事实就是，他没跟她说那天晚上他会离开她，他很清楚地了解她的那些弱点，死也不会说那种话，当下重要的是让她离开酒吧，一旦出去，其他的他来办。他将她塞进了车里，继续着之前的话题，“亲爱的，我们现在去别的镇子，找点新鲜乐子开心一下。我们都在一起三年了，我觉得我是值得信赖的”等等。她哭了，哭得撕心裂肺，但他仍不让步，喝的酒已经上头了。后来，他们开了一路，进了房间，然后洗了澡。他因为她没脱衣服有些生气，一把将她拉了过来。她大喊道：“不！”“你躺下。”他说。她躺下之后，他脱掉了她的衣服。两个人开始亲吻、啃咬，就那些事儿。她哭得很凶，带着些绝望。于是他说：“我的宝贝，这些都是没用的，你别想从这里逃走，今晚是你自己的，你要懂得珍惜。”她倒是很享受第一次。“因为疼，所以你不喜欢。是吗？”“不是的，约瑟玛。我早该听你的，在我们认识的第一天，我就应该给你的。”他反驳道：“那绝不可能，我认识你的时候你才十二岁，可能更小，那时候你大概只有十岁。我不可能把你怎么样，懂吗？你现在的年龄刚刚好，尽管你照样会感到疼。”他一直对她很疯狂！

我不记得当时的疼痛了，我再怎么努力地想也想不起来。

回忆起所有的事情很难，她只有十五岁不到十六岁的样子。如果他总是纠缠这个话题的话，他就会萌生出要去见她的冲动，明白吗？他们在一起度过了很多个夜晚，他妈的，他们从广场散步到镇上去看各式各样的房子，就只是散散步，没别的。然后两人待在她家的花园里，四周一片漆黑，两人腻在一起，直到夜色渐深。从她家出来后，他在街上辗转往返，目光始终追随着那扇熟悉的窗，那儿一如往常。他挥手作别，缓缓前行，一直走到街角的尽头，任由两旁高耸的树木将他的身影缓缓吞没。

译后记

约瑟玛的妄想与自恋

《无疾而终》是一本以中年男性视角，通过他述的方式，回忆青春年华时期关于爱情的内心独白。从内容上看，虚构与真实交错呈现，留出足够的空白让读者怀疑内容的真实性。从文风上看，主人公的表达显得语无伦次，体现了社会底层边缘群体的文化程度和表达习惯。需要指出的是，原文西班牙语用词和风格并不收敛且略显粗鄙，可以说是一本极具实验性的作品。

作者曼努埃尔·普伊格是阿根廷作家，著有八本小说、四部戏剧，以及其他一些短篇故事和影视剧本，该书是他的第七部作品，发表于 1982 年。在此之前，他已经出版了著名的《蜘蛛女之吻》(1976)，1985 年被改编成电影，获奥斯卡提名。普伊格善用文学的多声部描写和内心独白进行创作，使真实和虚构的声音相互对比、互为补充。

本书讲述的是一对巴西情侣间的爱情故事，字里行间充斥着对过去的怀念和惋惜。该书可能是普伊格最复杂、最难读的作品。全书分为上下两部分，共十三章，最后一章题为“尾声”。行文结构为一问一答的模式，由两种声音构成，真实的声音来自主人公约瑟玛，外部的叙述者使用自由间接的风格通过向约瑟玛提问来进行内容的重构。但两种声音却自相矛盾，外部虚构的声音在不停地质疑着真实的声音。此外，外部声音的角色也不确定，有时是女主人公玛丽亚·达·歌莉娅，有时是男主人公的黑人兄弟兹尔玛，到了后几章节又变成了男主人公的母亲。虚构声音所质疑的一些细节与真实声音的内心独白形成重构，制造出情节上的矛盾，并保留适度的不确定性，引导读者进行质疑和想象，从而缓缓地勾画出约瑟玛的年少过往。而现实中，普伊格的灵感来源于一位在他里约热内卢家里做工的泥瓦匠的故事。据作者自己所说，“那位泥瓦匠曾爱过一个女人，但他不得不离开那个小镇，后来她疯了。”

需要指出的是，小说的行文结构通过一问一答的方式进行结构的塑造和内容的叙述，其中男主人公约瑟玛回答的部分大量使用第三人称“他”而非第一人称“我”，在叙述过程中有意无意地把自己当作“他者”，再面对痛苦、羞耻或复杂的情感时，选择进行心理上的割裂与逃避。

书中的约瑟玛是一位出身社会底层、未受良好教育的私生子，生活在乡下。通过前后矛盾的内容叙述和心理分析，不难看出男主人公在幼年时遭受了父亲对他的打压和嫌弃，年少时期又未能通过婚姻改变自己的阶级过上美好生活，而这些事实与他在小说中塑造出的女人爱慕、万人追捧的形象天差地别。这种前后矛盾的话语和故事情节，展现出的是约瑟玛满满的自尊、不甘、遗憾与不舍。文中反复出现的“情人、车、足球明星”，以及在他看来有社会地位的“电工”等，都是男权社会对所谓“中上层”男性的基本定位。毫无疑问，约瑟玛所生活的地方不仅贫穷，而且是标准意义上的父权社会。在物质匮乏与男权社会里，约瑟玛通过不断的自我辩解向我们展示的是他对“权力、爱情、暴力、女人”等传统成功价值的诉求。此外，通过约瑟玛给我们描述的“富家女爱上穷小子”的故事，也表达了男性对自身价值理想化的肯定，即便缺少财富和社会地位，他依然可以通过个人魅力赢得最好的爱情。

通过这种言语上的矛盾，普伊格为读者塑造出了一个自我欺骗的男性视角。例如，他从未拥有过自己的车及女主人公玛丽亚·达·歌莉娅对他的痴迷。而这种妄想和自恋则源自人类在面对残酷现实时的内心活动和自我保护。书中多处重复是约瑟玛面对情感和物质匮乏的自我辩白和捍卫，是面对现实凄惨状况时内心保护机制下自我的重新定位，这种重复也向读者巧妙地指出约瑟玛决定将这种自我欺骗继续下去。

关于小说的题目，西语为 *Sangre de amor correspondido*，其中“amor correspondido”为“两情相悦”，而“sangre”是“血”的含义。如若直译该题目，则可译为《两情相殇》，感情虽被回应，但仍有悲剧的色彩。但译者认为，我们很难判断约瑟玛和玛丽亚·达·歌莉娅之间的感情纠葛是否真实发生过。因为小说除了提问部分，回答部分均为约瑟玛的“自述”。但这些在读者眼中的“他述”里，毫无疑问，玛丽亚·达·歌莉娅是约瑟玛年少时期的白月光。人到中年回顾前半生，从心理的角度来看，通常会围绕着以下几个主题：怀旧与美化、不甘与遗憾、反思与总结、释然与接受。而本书通过多声部问答的方式，为读者们呈现了主人公前半生在理想与现实碰撞下交织的怀旧、不满与释然的复杂情感。因此，我没有选择上面的直译翻法，而是选择了《无疾而终》，强调的是约瑟玛面对现实的不满，沉浸在对过往的虚构和美化之中，体现回忆的主观性和虚幻感。

“无疾而终”指事物没有经历大的波折或痛苦，但也没有得到真正的结果，就这样平淡地结束了。

对于约瑟玛来说，他跟玛丽亚·达·歌莉娅之间的爱情不一定就要定义为“血色般”的悲剧，更多的是他自身感受到的一种“无疾而终”的遗憾。从现象学的角度看，人对世界的感知，是由自我的意识构建的。约瑟玛在年少时期的错误的时间，遇见了可能是对的人玛丽亚，这段关系既美好又痛苦，这是一种人生的无奈也是一种遗憾。小说中的约瑟玛喜欢过很多的女人，也跟萍水相逢的女人有过纠缠，但再回首时，他最在意的仍是玛丽亚，那是他对未曾拥有的遗憾感到的惋惜，也是人性贪婪永不满足的妄想。人生看似有很多条路可以选择，但终究只有一条路可以走，就好似约瑟玛从年少时的雄心壮志到中年时的蹉跎叹息。可以说，主人公既是我们，又不是我们。

此外，很有趣的地方是，该书的尾声中的部分内容与第一章的内容类似。除了第一自然段承接第十二章的情节，从第二段开始，与第一章相比情节描写及主人公的独白呈现出递增式的减少，删减了大量两人出现在第一章中的恋爱情节与独白。最后一段男主如往常般告别女主消失在丛林深处，对两旁高耸入云的树木的突出描写带出了遗憾不甘而又无可奈何的味道。两人的约会如往常般结束，小说戛然而止，正如约瑟玛向我们讲述的那无疾而终的感情。

在译本中为了方便读者对文本理解，译者在脚注的部